拳銃を握り、撃鉄を起こす。
春名を守るためにはやるしかない。
「姉さんのために死ね！」
巧は引き金を引いた。乾いた音が響いて、オークの左目に穴が開く。

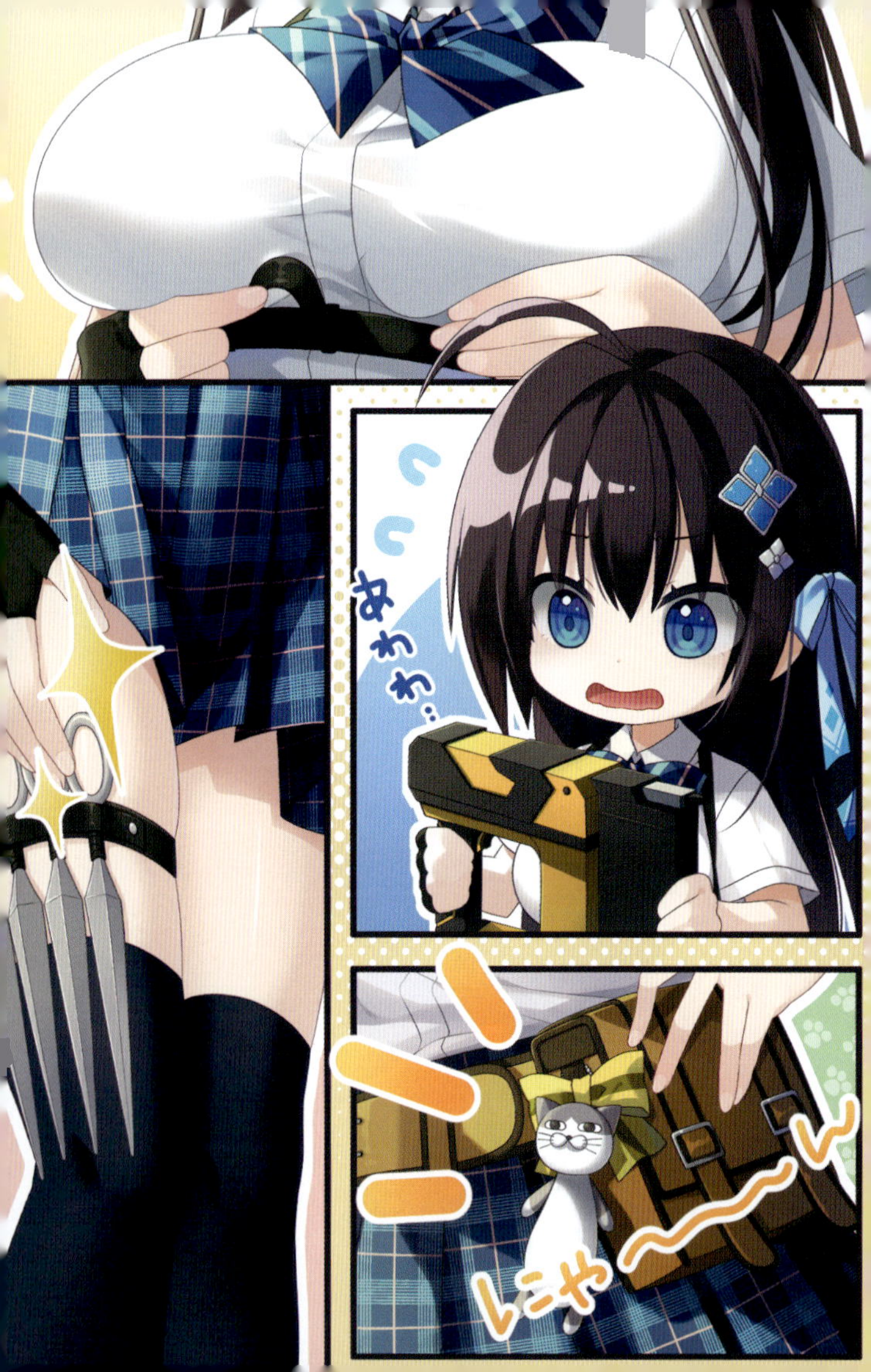
あわわわ…
にゃ〜〜〜ん

超図解! ぱーふぇくと春名!!

御好春名

Haruna Miyoshi

違法改造釘打ち機

巧の違法改造によって大幅に威力が強化された電動釘打ち機。装填数は100。空打ち防止機構有。ストーカーを相手に苦痛を伴う訊問を行うことも想定し、打ち込みの深さを調節する機能も有している。

催涙手榴弾

催涙ガスを発生させる手榴弾で、当然のように違法。煙に晒されると激しい痛みと共に涙と鼻水をまき散らしながらくしゃみと呼吸困難を誘発する、まさに切り札。

にゃんざぶろーとポーチ

ポーチには釘打ち機の予備バッテリーとマガジンが収納されている。
にゃんざぶろーはカルト的な人気を誇るマスコットで、春名のお気に入り。

護身用クナイ

ストーカーと格闘戦にもつれ込んだら……と心配した巧が用意したもの。

「夢、なのかな」

春名が笑った。

「巧ちゃん」

右手を差し出してくる。巧はその手を握った。

春名に手を引かれて、巧は彼女におおいかぶさった。

ダッシュエックス文庫

ぼくの壊れた正義はループする
異世界で愛と罪を天秤にかける

横塚 司

NAME

御好巧

（みよし・たくみ）

PROFILE

私立北山学園の高等部一年生。
義姉の春名を溺愛する危険人物。
工作が得意で、スタンガンや釘打ち機を
違法改造できる腕前。

NAME

御好春名

（みよし・はるな）

PROFILE

私立北山学園の高等部三年生。
美人だが生徒会役員時代の
辣腕から「氷姫」と呼ばれる。
しかし義弟の巧の前ではダダ甘。

NAME

伊澄準

（いすみ・じゅん）

PROFILE

私立北山学園の高等部一年生。
巧のクラスメイト。
気さくな性格で、ゲームの知識も豊富。
観察力に優れる。

NAME

真壁章弘

（まかべ・あきひろ）

PROFILE

私立北山学園の高等部一年生。
巧のクラスメイトにして数少ない友達。
巧と同じく工作が趣味だが、
運動神経もいい。中性的な顔だちを
気にして一人称は「おれ」。

第1話　姉と弟

私立北山学園《きたやまがくえん》は、小高い山の中腹、駅のある街を見下ろす場所にあった。

街中からは、車なら曲がりくねった坂道を３０分ほど登ることになる。徒歩で行き来するにはいささか厳しい。

生徒たちは、必然的に街から隔絶《かくぜつ》された日々を送る。

孤立した環境が最大の特徴である中高一貫の全寮制の学校だ。

言い換えればそれは、年頃の子どもたちを閉じ込める檻《おり》である。

親から学校に預けられた生徒たちは、逃げ場もない檻の中で多感な６年間を過ごすしかないということだ。

幸いにして、と高等部一年の御好巧《みよしたくみ》は考える。

自分はひとりではない。

同じ学園に姉がいるのだから、と。

「姉さん」

９月後半の土曜日、その放課後、時刻は１５時半を少しまわったところ。

場所は高等部の校舎から徒歩で１０分くらい離れた森の中、少し木々もまばらなあたり。

巧は姉の春名《はるな》と向かい合い、制服姿の姉の腰のベルトにサスペンダーをつける作業をしていた。

サスペンダーで支えられた彼女の腰のベルトには、左右ひとつずつ、大きめの袋がついている。学校に入る電気工事の業者などがよくこういった装備をしているところを巧は見ていて、ちょうどいいと自分と春名用にセットで注文しておいたのである。

これで、かなりの重さのものを吊るしても、腰のベルトがずり落ちる心配はない。

「姉さん。ベルト、きつくない？」

「う、うん、大丈夫だよ」

「これで、よし」

続いて、全長60センチほどの伸縮自在の金属棒をいじる。とある伝手《つて》で入手したスタンガンを改造し、電流を強化したものだ。

普通に考えれば違法である。

しかし巧は、姉の春名を守るためなら合法であると理解していた。

いまの彼にとって重要なのは法を守る精神ではなく、心持ちとしては唯一の身内である彼女の安全を確保するという実利を伴《ともな》った気高《けだか》い行為の方であると、かたくかたく信じていたのである。

故《ゆえ》に、何の問題もない。

「こんなもので、どうかな」

スタンガンの柄を握り、手もとのボタンをぐいっと押し込む。青白い稲妻と共に、ばちっ、と音がして、オゾンの臭いがたちこめた。

姉の春名は、少し怯えた表情を見せた。

「ねえ、ちょっと、巧ちゃん。これ、本当に大丈夫なの？」

「大丈夫、漏電対策は万全だ。確実にストーカーを撃退できるよ」

「そ、そう……？」

「マイオトロンも試してみたんだけど、あれは使いものにならなかった」

「マイオ……何？　いや、そうじゃなくてね」

春名は眉根を寄せて、スタンガンを睨《にら》む。

巧の前ではただ甘な彼女だけれど、学園では一般的に、氷のような女、という意味で氷姫《ひょうき》と言われていることを彼は知っている。

実際に、こうして顔を少ししかめていると、その白い肌と相まって、まるで氷でできた彫刻のように見える。

美人だな、と巧は思った。

我が姉は笑っていても美人だけれど、怒っている時の方が美貌が引き立つ。だからといって、わざと怒らせるなど論外だが。

なにせ彼女は、巧に対してだけは、ただ怒るのではなく、その端整な顔を悲しそうに歪めて、懇々《こんこん》と諭《さと》すように叱るのだから。

「あのね、巧ちゃん。これって、相手が危険じゃない？」

「もしストーカーが死んでも、それは自業自得だよ。そもそも姉さんを怖がらせただけでも万死に値する」

「お姉ちゃんが人殺しになるってことだよ⁉」

目を丸くする春名を見て、あ、そうかと巧は少し考え込んだ。

責任感のある、しっかりものの姉だけはある、と感嘆せざるを得ない。つい先日、３年の夏で引退するまで生徒会の役員をやっていただけのことはある。

その自慢の姉が「お姉ちゃん、もしかしたらストーカーされているかもしれない」といいだしたのは、少し前のこと。

姉の友人の同級生からも事情を聞き、それが事実だと理解した。

相応の対策が必要と確信した彼は、迅速に行動して諸々の装備を入手した。

このスタンガンもそのひとつだ。他にも、いま彼の腰の工具ベルトに吊るされた袋の中には、催涙手榴弾や小型釘打ち機、その他いくつかの護身用武器等を突っ込んである。

それらをこうして姉に手渡すべく放課後の森の中で落ち合ったのであるが……。

ひょっとして、と気づく。

「姉さん、ストーカーが誰か、心当たりがあるんじゃないの？」

「そ、そそそそそ、そんなことないよ！」

「なんてわかりやすい……」

巧は、ぶんぶんと首を横に振る姉をジト目で睨む。

姉は肩を落として、おおきなため息をついた。

「たぶん、悪いひとじゃない。ただちょっと、この前お姉ちゃん、そのひとから告白されて」

「殺そう」

即断であった。情状酌量《じょうじょうしゃくりょう》の余地はない。

「そうじゃなくて！　お姉ちゃん、ちゃんと断ったから！」

「それを逆恨みしているんだろう？　ちゃんと殺さないと」

「巧ちゃんが犯罪者になって欲しくないなあ……」

「大丈夫、証拠は残さない」

「そういうことじゃないよ！」

春名は語り出す。

最近、告白を断った男子生徒が、少し異常な目で遠くから春名のことを眺めていたこと。その人物が素行の悪い者たちとつきあいがあること。教師たちは相手の親が大物であることを慮《おもんぱか》り、恐らく動いてくれないこと。

「でもね。お姉ちゃんは、巧ちゃんに危ないことをして欲しくないんだよ」

巧は肩を落とす春名に気づき、押し黙る。

しまった、またやってしまった。姉を悲しませるつもりはなかったのだ。ただ彼は、姉を守りたかった、その一心だったのだ。

「待ってくれ、姉さん。ぼくは別に……」

何をいうべきか。なにをするべきか。混乱した頭で必死に考えを巡らせる。

春名は「ごめん」と囁いて、背を向けた。

「少し。少しだけひとりにさせて」

少女は小走りに駆けだす。

その姿は、たちまちのうちに茂みに隠れてしまう。

巧はその場で呆然と立ち尽くした。

姉を悲しませてしまった。泣かせてしまったかもしれない。万死に値する。いますぐ自殺するべきか。

いや、巧が自殺したら、きっと姉はもっと悲しむ。駄目だ。ではどうするべきだろうか。頭の中を思考がぐるぐるして、眩暈《めまい》を覚える。

呼吸ひとつ、ふたつだろうか。

呆然とそうしているうち、更に頭がくらくらする。地面が揺れて、立っているのもおぼつかない。

　いや、違う。これは……。

「地震だ」

　慌てて、近くの木に手をついた。

　揺れが収まるのを待つ。

　ほどなくして、揺れは収まった
「かなりでかい揺れだったな……。寮の部屋、しっちゃかめっちゃかになってなければいいけど」

　しばし立ち尽くしたあと、はっ、となる。

　姉は無事だろうか。

　巧は慌てて、春名が消えた方角へ足を向けた。

　背の高い茂みを少し分け入ったあたりで、女性の悲鳴があがる。

　春名の声だ。

「姉さん！」

　巧は全力で声の方へ駆けた。

　そして、それを見てしまう。

　木々の陰で、仰向けに倒れ臥《ふ》す春名の姿を。

そんな春名の上に覆いかぶさるようにしている、ヒトのようでヒトでない異形の姿を。

それはまるで、猪がヒトになったような姿をしていた。

上半身は裸で、下半身には粗末な布をまとっている。赤褐色の肌は筋肉が盛り上がり、ボディビルダーすら赤子のように見えるほどだった。

豚の化け物だ。

巧は一瞬、怯《ひる》んだ。

だが次の瞬間、その化け物に押し倒されている春名の姿を見て、気力を奮い起こす。

「姉さんから離れろ！」

雄たけびをあげて、巧は化け物に突進していった。

化け物が巧を振り返る。その鼻は豚のように潰れていて、おおきく開かれた口には獰猛《どうもう》な牙がそそり立っている。

巧には関係なかった。

姉を守るのだ。ただその一心で、勇猛果敢《ゆうもうかかん》に化け物へ立ち向かう。

化け物は腕を振り上げた。そこに握られた棍棒が振り下ろされれば、巧の頭など苦も無く叩き潰され、ざくろのようになるに違いない。

彼の手にスタンガンがなかったならば、実際にそうなっていただろう。

巧は豚のような人型の化け物の、でっぱった腹部にスタンガンの先端を押し当て、スイッチを入れる。

ばちっという音と共に紫電が走り、化け物は驚愕に顔を歪めてその身を硬直させた。

ひとつ、ふたつとよろめきながら後退し、腹部を押さえる。

「くそっ、この程度じゃ倒れないのかよ！」

仕留め損なった。だが不幸中の幸い、化け物は姉から離れてくれた。巧は姉の手を引いて立ち上がらせる。

「姉さん！　逃げるんだ！」

「で、でも、何がどうなって……」

「わからないけど、いまはあいつから離れないと！」

ふたりで、化け物に背を向けて駆け出す。

茂みをかきわけ、全力で走る。化け物は、電撃という未知の攻撃に戸惑《とまど》ったのか、それとも怯《おび》えたのか、すぐには追って来ないようだった。

息を荒らげて走ることしばし、立ち止まる。

おおきく深呼吸する。

そこでようやく、巧は思考を巡らせることができた。

「いったい、どうしたっていうんだ」

「わからない……何もわからないよ。地震があって、そのあと唐突に、あの豚が襲ってきて……押し倒されて、鼻息が荒くて、臭くて、服を破られて……怖かった」

見れば、春名のスカートは半分破かれて、下着が露出していた。巧は慌てて顔をそむける。

春名は巧の様子に気づいていないようだった。

「あんな化け物が森に棲んでたなんて……」

「棲んで……いたのか？　そんな話、聞いたこともない」

だいたい、あんなレイプ魔がいたなら、もう少し話題になっていたはずだ。実際の被害もあったに違いない。

であれば、あの化け物はつい最近、ここにやってきたのか？

山の上にずっといて？

それが、なんかの拍子に下りてきた？

そんなことが、あるのだろうか。

首を横に振る。考察しても仕方がない。

とりあえずは、校舎の方に戻って、先生方に助けを求めよう。

こんなの、子どもである自分たちが立ち向かうべき相手じゃない。まずは大人に頼る。それが常識的な判断というやつである。

故に、巧と春名は学校の方角に足を向けた。

＋＋＋

地獄があった。

校舎は地震により半分倒壊していて、その周囲では生徒たちが悲鳴をあげながら逃げ惑っていた。

さきほど巧たちが見た赤褐色の肌の化け物が暴れまわっていたからだ。

人型の豚のようなそれに追いつかれた男子生徒が、そいつの手にしていた槍で胴を貫かれ、断末魔《だんまつま》の声をあげた。

女子生徒が組み伏せられ、化け物の露出した下半身を押しつけられていた。

木刀を手に果敢にも立ち向かった体育教師が、その太った腹に一撃を加えた。

しかし相手はまったく痛痒《つうよう》を覚えた様子もなく、逆に化け物の棍棒のひと振りで吹き飛ばされ、首をあらぬ角度に曲げて地面にくずおれた。

あのとき春名の手を引き逃げたのは正しかったのだ、と巧は理解する。

化け物に立ち向かうなど、狂気《きょうき》の沙汰《さた》だ。

いや、それをいってしまえば、そもそもこれはどういうことなのだ。何が起こっているのだ。気が狂っているのは、この光景なのか、それとも自分たちそのものなのか……。

「巧ちゃん」

姉の声に、はっと我に返る。

手を強く握られた。その温かさが、何をすべきか彼に教えてくれる。

優先順位だ。

自分の身を守ること。

それ以上に重要なのが、姉である春名を守ることである。

「逃げよう、姉さん」

「で、でも、どこに？」

「こっちだ」

春名の手を引いて、ふたたび走り出す。

何か考えがあったわけではなかった。

ただ、この場から一刻も早く離れるべきだと考えた。

おそらくその判断は正しい。

だからといってがむしゃらに走ったところで、意味はなかった。そのことを、巧はすぐに理解することになる。

どこまでいっても、逃げる生徒と追う化け物の姿があったからだ。

逃げ続けているうちに、ふたりは崖の上に追い詰められていた。本来は道路があるはずの場所が、崖崩れで崩落していたのである。

その道路までくれば、遠く山の麓に最寄りの街が見えるはずだった。

夕日に染まる、ビル街が見えるはずだった。

だが、ふたりが見た光景は、まったく違った。

そこにあったのは、地平線の彼方まで続く、黄昏に染まる広大な草原であった。

橙色の夕日を浴びて草原をゆっくりと歩む獣がいた。

見たこともない、六足歩行の生き物だった。

キリンのように長い首をもたげて前後に揺らしながらのっそりのっそりと歩くその獣は、周囲の草木と対比して、その身の丈が10メートルはあるように見えた。

その巨大な獣の上空を滑空する、鳥の姿があった。

翼を広げた全長が6、7メートルはあろうかという巨鳥であった。

と――巨鳥は翼を畳み、地上に急降下する。

その長く鋭い嘴《くちばし》でヒトほどのおおきさがある生き物を咥《くわ》えると、翼を広げておおきく羽ばたき、上昇。その勢いを使って、獲物を呑み込んでいた。

とても、現実に存在する光景とは思えなかった。

姉弟は、現在差し迫る危機を忘れ、その光景に魅入られてしまった。

それが故に、背後から近づいてくる脅威に気づけなかった。

巧は後頭部に衝撃を受け、地面に倒れ臥す。

「巧ちゃん！」

姉は気遣う声の直後、もう一度、絹を裂くような悲鳴をあげる。

痛む身体を起こし、振り向く。

豚鼻の化け物がニタリと笑い、姉にのしかかるところだった。

「姉さんからっ！　離れろっ！」

巧はよろめきながら立ち上がる。頭から垂れた血が目に入り、視界が曇った。鬱陶《うっとう》しく思い、額を手で拭う。

スタンガンは手放してしまった。

ならば、とベルトについた腰袋から釘打ち機を抜く。

両手で握って腰だめに構える。

大声をあげて突撃する。

豚鼻が、ゆっくりと巧の方を振り向いた。

手にした斧を無造作に薙ぎ払う。

巧の両腕が、釘打ち機と共に宙を舞う。鮮血が飛び散った。

呆然とする巧の脳天に、豚鼻は無表情で斧を振り下ろす。

鈍い痛みと共に、巧の記憶は途絶えた。

‡‡‡‡

巧は、意識をとり戻した。

森の中だった。周囲を見渡す。

ぽかんとした様子で、姉の春名が巧を見ていた。

びりびりに破れたはずの彼女の制服は元通りで、あれだけ森の中を駆けまわったのに傷ひとつ、泥ひとつついていない。

ちょうど巧にサスペンダーを取りつけてもらっている最中だったようで、ばんざいと両腕を持ち上げていた。

巧は己の身体を見下ろす。彼自身の制服もまた、汚れひとつついていなかった。断ち切られたはずの両腕もくっついている。傷ひとつない。

天を見上げる。意識を失う寸前、夕日が西の空に落ちかけていたように思う。なのに今、太陽は午後3時くらいの傾きだ。

あれは、何だったのか。夢だったのか。それとも……?

「どうしたの、巧ちゃん。急に、ぼんやりとしちゃって」

「姉さん！　大丈夫……だった？」

春名はばんざいのポーズのまま、きょとんとした様子で小首をかしげている。やはり、あれは白昼夢か何かなのかと思う巧だが、念のためひとつだけ訊ねることにした。

「地震がなかった？」

「地震？　ううん、最近はなかったんじゃないかな。あ、でも夏休みの少し前に……」

「そうじゃなくて、今日。立っていられないような揺れで……」

「そんな大地震は、覚えがない、かな？　それより巧ちゃん、ベルトがちょっときついかも」

「おっと、じゃあ……」

巧は慌てて、春名の腰に手をまわした。

と、眩暈を覚える。

次の瞬間、地面が激しく揺れて、巧は片膝をつく。

姉は短く悲鳴をあげた。

「じ、地震!?　巧ちゃん！」

「姉さん!?」

巧は姉が自分に差し出した手を握り、立ち上がる。地震はほどなくして止んだ。安堵《あんど》の息を吐く。

「巧ちゃんが地震のことを話していたから、地震が起きたのかな」

「そんな、馬鹿な」

いや、馬鹿な。巧は信じられない思いだった。そう、地震だ。いまの地震だ。思えばあの地震から、全てがおかしくなったのだ。

夕日に暮れる草原を見下ろしたときの感情を思い出す。

あまりにも現実離れした光景に、脳が思考を拒絶してしまった。

こんなことがあり得るはずがないと思った。現実を受け入れることを拒絶してしまった。立ち尽くしたまま、敵が近づいてくることにも気づかなかった。

最後は姉を守ることもできず、武器も効かず、腕を飛ばされ、そして自分は頭を叩き割られて……。

首を横に振る。あれがもしも現実だとしたら、これから。

そうだ。あの豚鼻で人型の化け物だ。

あれは何だったのだろう。

そういえば、誰かが「オーク」と叫んでいた気がする。

オーク。

それが、あの化け物の名前か。

巧は映画やアニメやゲームに詳しくない。それでも、モンスターと戦うゲームがあって、そこに出てくるモンスターの中にはああいう人型の化け物も出てくる、というような話をクラスメイトから聞いたことがあった。

彼もスマホを持っていればもっと違ったのだろうが、巧も春名も親からそういったものを持たされていなかった。そもそも、電波の通りも悪いこの学園にいる限り、そんなものは無用の長物であった。

そのあたりはどうでもいい、と巧は考える。

彼は機械いじりが好きだった。物理学や化学は教科書の内容くらいなら全て覚えてしまっている。数学も得意な方だ。

そう、数学である。複雑な数学の問題を考えてみよう。長く入り組んだ数式は、おおむね簡単な形に整理できるものだ。

物事を因数分解しよう。

そのうえで、仮定と実験によって事実を明らかにする。

先ほどの出来事は事実だったのか、それとも夢だったのか。

あるいは何らかの……そう、たとえば神の啓示《けいじ》のようなものであったかもしれない。

予兆、あるいは暗喩《あんゆ》。

眉唾《まゆつば》なものだが、とりあえず仮定をするだけならタダだ。

とにかく巧には生々《なまなま》しい記憶が残っている。地震が起こった。地震の後の出来事、そう、あのとき春名は巧から離れたところにいた。

そして、その春名が化け物……オークと仮名をつけよう、そのオークに襲われ、悲鳴をあげた。巧は悲鳴を手がかりに春名のもとへ駆けつけ、かろうじてオークを撃退し、彼女の手を引いて逃げた。

だが結局、逃げきれず、巧はオークに殺された。その後、おそらくは、ひとりきりになった春名は……。

いや、春名は巧の目の前にいる。

きょとんとした様子で、考え込む巧を見ている。

姉は無事だ。怪我《けが》ひとつなく、何かあった様子もない。

つまり、あのときとは状況が違う。

だが同じように地震は起きた。

何かが変わったのか、それとももともとこうなる予定で先ほどの記憶はそもそもあり得ないものであったのか。

あれが夢か幻か。

それとも予知夢のようなものか。

それを確かめる方法は、たったひとつだ。

自分がいまから、オークと出会った場所まで赴けばいい。

「姉さん。少しの間、ここで待っていてくれないか」

「え、うん。でも、なんで？」

「地震でまわりの地面が崩れてないか、調べてくる」

「それじゃ、お姉ちゃんも一緒に……」

「駄目だ！」

巧は慌てて叫んだ。春名が、びくっと肩を震わせる。

「ごめん。でも最悪、共倒れになる、から。いざという時は、助けを呼ぶ」

「わ、わかった」

懸命な表情で説得したところ、何とか頷いてもらえた。

よし、と巧はスタンガンを握り、記憶を頼りに茂みへ分け入る。

ちらり、と振り返ると、春名は不思議そうな表情でこちらを見ていた。軽く手を振ると、苦笑いして振り返してくれる。

姉の応援。これで百人力だ。

巧は茂みをかきわけ、森の一点を目指した。

ほどなくして、木々がまばらな一角に辿り着く。

そう、確かこのあたりで……。

「いた」

小声で、口にする。

豚鼻で、赤褐色の肌の巨漢。

ヒトではありえない何か。棍棒を右手で握った化け物。下半身に粗末な布きれを巻いただけの野蛮人のような存在。それが、ゆっくりと歩いていた。

巧の存在には、まだ気づいていない。

風が吹いた。

風下の巧の方に、目が痛くなってくるような饐《す》えた臭いが漂ってくる。

あの化け物の体臭だ。こいつの豚鼻は自分より嗅覚《きゅうかく》が利くのだろうか、と巧は考えた。

もし利くのなら、この悪臭に耐えるだけの意味もある。オークの運動能力は、ひょろがりの巧ごときが敵《かな》うようなものではないと知っていたから。

だが、ではどうすればいい？

決まっている。奇襲だ。

ここにアレがいた以上、先ほどの出来事はすべて事実だったと考えていい。何故、時間が巻き戻っているかは知らないが、これは千載一遇《せんざいいちぐう》のチャンスであった。

まだ見つかっていないのだから、逃げるという選択はある。

しかし、ではいつまで？

ここでこいつを仕留めなければ、こいつは必ずや春名を見つけ、危害を加えてくるだろう。

やるなら、今しかない。

奇襲の可能性があり、巧がスタンガンを握っている今しか。

相手に気づかれないよう、そっとスタンガンの柄についた目盛りを調節する。

威力を最大に。

先ほどは、ヒトを相手にするのだからと威力を調節していた。

相手が化け物なら、そんな手加減は必要ない。

殺す気でやるのだ。

いや、殺すのだ。

ここで、必ず。

姉を守るためなら、巧はなんだってできる気がした。無限の勇気が湧いてくる。

茂みに身を隠し、オークが近くを通り過ぎようとしたタイミングでスタンガンを突き出す。

赤褐色の肌に棒の先端が触れた瞬間、ちからいっぱいスイッチを押し込んだ。

ばちっ、と高い音がして、オークの全身が痙攣《けいれん》を起こす。

くぐもった声をあげて、巨漢の怪物は棍棒を取り落とし、そのまま膝から崩れ、うつぶせに地面へ倒れ臥した。

まだだ。巧は先の出来事を忘れていなかった。あのときは威力を抑えめにしていたとはいえ、こいつはスタンガンを食らったあと、起き上がってきた。

よろめいていたとはいえ、追いかけてきた。

確実に仕留めるなら、これだけでは足りない。

故に。

巧は、スタンガンを捨てて腰袋から釘打ち機を抜いた。

オークの顔にその先端を当て、レバーを引く。先端から飛び出した釘がオークの眼玉に突き刺さり、そのまま頭蓋骨の奥の脳みそまでを貫く。

オークはおおきくその巨体を悶えさせた。巧の身体が吹き飛ばされる。

化け物は目と口から青い液体を吐き出した。

血だ。こいつの血は青いのだ。

ヒトではない。

転がりながら、巧はそのことに、少しだけ安堵した。

たとえ春名のためであっても、ヒトを殺すことには抵抗がある。

ヒトではないものなら、いくら殺しても罪にならない。

心の中で言い訳をしながら、オークが落とした棍棒を握る。悶え苦しむ相手に近づく。

「死ね」

青い血を流す化け物の頭部に、棍棒を叩きつける。

「死ね、死ね、死ね、死ね、死ね、死ね、死ね、死ね、死ね、死ね、死ね、死ね！」

懸命に、何度も何度も棍棒を振り続けた。息が荒い。腕が痛い。それでも、無我夢中で目の前の化け物を確実に屠るため、殴り続けて……。

ほどなくして。

ファンファーレが、耳のなかで鳴り響いた。

「あなたはレベルアップしました！」

中性的な声が聞こえてきた。

視界が白に染まる。

‡‡‡

巧は白い部屋にひとり立っていた。見たこともない部屋だ。

天井全体が蛍光灯のように光っている、教室ひとつ分くらいのスペースだった。

白い床の上に、机と椅子とノートＰＣがひと組だけ置いてあった。

「ここは、どこだ」

口に出しても、どこからも返事はない。

「姉さん？　姉さんはいる？」

やはり返事はなかった。急にひどく心細くなり、身を震わせる。しばらくぼんやりと立ち尽くし、しかし視界のどこでも何の動きも見られないことに失望する。

「何だよ、これ……いい加減にしてくれよ。さっきから、何なんだよ、いったい」

オークと呼称した豚鼻の化け物。死んだというのに巻き戻った時間。あれらは全て、夢だったのだろうか。この部屋もまた、質の悪い悪夢なのだろうか。だとすれば、いつかそれは覚めるのか。そう、このまま黙って待っていれば……。

「勘弁してくれよ。もうたくさんだよ……」

頭を抱えて呻き、待つ。何の変化も起きなかった。

巧は戸惑った末、よろめきながら机に近づく。

ノートPCはすでに起動していて、データ管理アプリとおぼしき画面が大きく映っていた。アプリの上部に巧の名前が書かれてあり、その下に、レベル1、スキルポイント2、と入力されている。さらにその下には、剣、槍、魔法、そんな単語がずらずらと並ぶ表があった。

「ゲームはやらないから、こういうの、よくわからない」

ひどく現実感がない。いや、そもそもオークとかいう化け物の頭を棍棒で殴っていた時点で現実感がないのはそうなのだが。

次々と起こる出来事に脈絡が感じられず、やはり全てが夢であるといわれた方が、よほど納得できるのだ。

だが、オークを殴ったときの手の感触は余りにも生々しかった。

その臭いも、呻き声も。あれはきっと、夢ではなかった。

現実だった。

なら、この光景もまた現実の続きなのか？

「これは、何なんだ」

呟く。

するとPCの画面に変化があった。ウィンドウがひとつ、ぱかっと開いたのだ。

「質問をどうぞ」

とそこには表示されていた。

加えて、文字を入力するとおぼしきウィンドウまで生まれる。

ここに何か書け、ということだろうか。巧は椅子に腰をかけ、机に向き直る。

キーボードに両手を置いた。ゲームはやらないが、簡単なプログラムくらいなら書ける。機械いじりの延長で電子回路を組み込んだドローンを動かしたこともあった。当然、タッチタイプくらいは問題ない。

まず、質問の数に制限はあるか、とウィンドウに書き込み、エンターキーを押した。

ない、とメインのウィンドウに文字が表示された。

ならば遠慮することはない。頭の中に浮かんだ疑問を、片っ端から打ち込んでみた。

結果、以下のようなことがわかった。

●これは現実である。

●この部屋にいるのはいまは巧だけであり、
巧がスキルを習得するために用意された部屋であり、
この部屋にいる限り現実の時間は停止しているため、
好きなだけ悩んでよい。

●この部屋に来るための条件はレベルアップすること。
巧はオークを倒した際、レベルアップしてレベル1になった。

●レベルごとにスキルポイントを2ポイント得られる。
スキルを0から1にするためには1ポイントを消費し、
1から2にするためには2ポイント消費する。

●スキルを習得することで、巧はスキルに応じたちからを得る。
火魔法スキルであれば火の魔法が使えるようになるし、
剣術スキルであれば剣の達人になれる。

●この部屋を用意した存在についての返事は、いっさいなし。

●一度目、オークに出会ってから殺され、
また地震が起きる直前で目覚めた件についても説明なし。

巧はため息を吐いた。余計に混乱することばかりだが、とにかく状況を受け入れた方がいいのだろう、と判断する。

その方が、より確実に姉を守ることに繋がるからだ。

このスキルというのが何かの罠かもしれない。

だとしても、選ばなかった場合よりは選んだ場合の方が、より春名を安全にできるに違いなかった。故に、巧はスキルを選ぶ方向で検討に入ることにする。

問題は何のスキルが有用か、だ。ひとつひとつ、スキルについて質問してみる。現在表示されているスキルは全部で17個。そのうちひとつ、あるいはふたつを選ぶ必要があった。

まずは魔法スキルが7個。

火魔法、水魔法、風魔法、地魔法、付与魔法、召喚魔法、それと治療魔法。

そして武器を使うためのスキルと思しきものが6個。

素手戦闘、剣術、槍術、棍術、射撃、投擲《とうてき》。

どちらにも属さないものが4個。

肉体、運動、偵察、音楽。

「こんなの、どう選べっていうんだ……」

頭痛を覚えて、激しく困惑する。

ゲームに詳しい友人がここにいて欲しいと心から思った。

もしくは姉か。あるいは姉か。それから姉でもいい。

残念ながら、他人をここに呼ぶことはできないらしい。

ならば、どうするべきか。大きく息を吸って、吐く。それを三度、続ける。気持ちが落ち着いた。

「順を追って、絞り込んでいこう。一番重要なのは、戦う手段だ」

わかりやすく逃げる手段があればそれでもいいが、自分ひとりで逃げるならともかく、春名を守りながら、となれば自ずとその選択は難しくなる。

故に巧は、春名の盾となることを優先しようと考えた。

ベルトの腰袋に突っ込んでいたペンと手帳を取り出し、メモを取る。

「直接的に戦うことに繋がらないものを省《はぶ》く。残るのは、素手戦闘、剣術、槍術、棍術、射撃、投擲、火魔法、水魔法、風魔法、地魔法か」

これで17個から10個になった。一気に半分近くになった。

「姉さんを守ることが優先なんだから、前に立ってオークと戦うちからがひとつは必要だ。魔法は全部、いったん消そう。射撃と投擲も消す」

二重線を引いていく。

残ったのは、素手戦闘、剣術、槍術、棍術の4個である。

ふと思いついて、巧はもうひとつノートPCに質問してみることにした。

いま巧が手にしている武器、すなわちスタンガンと釘打ち機を上手く使うには、どのスキルを取ればいいのか。

返事は、スタンガンが棍術、釘打ち機が槍術であった。

「棍術か槍術のどちらかを取るのは確定、と。どっちかというと棍術かな。もうひとつをどうするか……」

レベルが更にひとつ上がると、つまりレベル2になると、またスキルポイントを2ポイント得られるという。そしてスキルを1から2に上げるためには2ポイントが必要で、2から3に上げるためには3ポイントが必要である、とも。

最速で棍術を3にするなら、残った1ポイントを余らせておけば、レベル3になった時点で棍術を3にできるということだ。

少し考えて、巧はこの選択を諦めた。

そんな余裕はない、と判断したのである。

オークが1体や2体ならともかく、校舎の方にはたくさんいた。体育の先生でも敵わなかった相手である。今回、一対一で戦えたことが非常に幸運だったのだ。

「複数のオークを相手にするには、どうすればいい？」

棍術や槍術があったとしても、巧自身がどれだけ強くなれるのだろうか。自慢ではないが運動能力はたいしたものではないし、体力も同年代の運動系の部活で励んでいる者たちに比べればあってなきがごとしである。

まして、春名を背にしながらともなれば……。

「除外したものを検討し直そう」

ノートの別のページにスキルの一覧を再度書き記す。

今度は、姉を守るという観点から選別を開始した。

長い時間をかけて、結論を出す。

「よし、これで」

マウスを動かし、スキルをふたつ、0から1にする。

決定のキーを叩く。


次の瞬間。

白い部屋が消え、巧は森の中に戻っていた。

不思議なことに、地面に倒れたオークが消えて、その場には赤い宝石がひとつ転がっていた。

小指の爪くらいの大きさの、剥き出しの宝石だ。

巧は宝石を拾い上げ、懐《ふところ》にしまった。姉が気に入るならプレゼントしよう、くらいに考え、ひとまずその存在を忘れることにする。

オークは消えても、その武器であった棍棒は巧の手の中に残ったままだ。ひとまずこれを、予備の武器とすることにして……。

　巧は改めて釘打ち機をベルトに挟み、スタンガンを右手に、棍棒を左手に握ってきびすを返す。

　まずは姉のもとに戻るのだ。

　歩きながら、スタンガンと棍棒を何度か振った。

　ひと振り、ひと振りに驚くほどちからがこもり、風を切る気持ちのいい音が鳴る。

「これが……スキルのちから、なのか」

　身体が自然に動いていることに、違和感を覚えつつ……その違和感を消すように、巧は何度も何度も棍棒を振り続けた。

　ひと振りごとに、棍棒が更に馴染んでいくような気がして――。

　不意に、女性の悲鳴が森の中に響く。

　聞き間違いようがなく、春名の声だ。

「姉さん！」

　巧は舌打ちして駆け出す。

　迂闊だった。オークは森のあちこちに出没しているのだ。当然、もといた場所の近くを通るオークがいてもおかしくはない。姉には、せめてどこかに隠れておくよう、あらかじめ伝えておくべきであった。激しい後悔の念を覚える。

茂みを割って、木々がまばらな場所に出た。

まさにいま豚の化け物から走って逃げている春名がそこにいた。春名の服は無惨に破かれ、痛々しい下着姿だった。追いかける豚の化け物は、そんな彼女に対して、明らかに欲情している。

「姉さん！」

「駄目っ、巧ちゃん、逃げてっ！」

声をかけたことで、春名が巧に気づく。

叫んだ拍子に、少女は木の根に足を取られて転倒した。

幸いにして、オークも巧の声で振り返ったため、彼女がすぐに襲われることはなかったのだが……そのかわり、巧はオークと正面から対峙する羽目になった。

先ほどのオークとは違い、この個体は手に粗末な槍を握っていた。その構えも堂に入っている。

オークは両手で槍を握り、にやりと下卑《げび》た笑みを浮かべると、地面を蹴って巧との距離を詰めた。２０歩ほどの間合いが一気に詰まる。

「フラッシュ・ライト」

巧の突き出した手が、白く眩く輝く。

閃光がオークの目を焼いた。

同時に巧は身を低くして横に跳ぶ。オークはでたらめに槍を振りまわすも、視覚を失ったその攻撃はむなしく見当違いの方向を薙ぎ払うばかりだ。

上手くいった。

巧は喜ぶより先に安堵を覚えていた。

この化け物の豚鼻が本物の豚や猪のように嗅覚に優れていた可能性もあった。それでも、これまで見たオークたちは目でヒトの姿を追っていたような気がしたのである。

故に、視覚を潰すこの一手に賭けた。

そもそも、魔法などというものが本当に使えるようになるのか、ということすら半信半疑であったのだ。

巧は、賭けに勝った。

火魔法のランク1、フラッシュ・ライト。

瞬間的に強い光を放つ、ただそれだけの魔法である。

魔法を使った瞬間、巧は目をつぶっていた。春名は転んでいて直接、光を浴びないだろうとも思った。

本当は何度か練習してから使いたかったのだ。ぶっつけ本番で、打ち合わせもなにもしていないのだが、上手くいって本当によかった。

オークが目を焼かれている時間はそう長くあるまい。

巧は槍の間合いの外から隙を見て懐に飛び込み、スタンガンを押し当て、スイッチを入れる。

オークは悶絶《もんぜつ》して痙攣し、その身を横たえた。

スタンガンを手から離し、腰のベルトに挟んだ釘打ち機を引き抜く。

案の定、棍棒を握っていた時のような、これが扱えるという不思議な感覚がない。やはり、釘打ち機を上手く使うにはそのスキルが必要なのか。

釘打ち機を地面に捨てると、改めて棍棒を握る。先ほどまではオークが握っていたそれが、不思議と手に馴染んだ。

「よくも、姉さんを」

倒れ臥すオークの頭部に勢いよく振り下ろす。

鈍い衝撃と共に、豚の化け物は絶命した。

砕けた頭から青い血が流れ出て、地面を濡らす。

‡‡‡

巧と春名が姉弟となったのは、3年ほど前のことだ。

理由は両親の再婚である。

巧の母親は自堕落《じだらく》で、男から男へと渡り歩くことが得意な女だった。

春名の父親は効率を何より大切にする男で、前の妻が不治の病で入院した時も一度見舞いに行ったきり、あとは仕事が忙しいと言い訳して病院に寄りつきもせず、彼女の葬式の際も時間が惜しいとこぼすほどであった。

ふたりは打算から籍を入れ、お互いの子どもである巧と春名は、邪魔だからと全寮制の北山学園に放り込まれた。

親に捨てられたのだ、と中学生になったばかりの巧でも理解できた。

「巧ちゃんは、お姉ちゃんが守るから。だから、泣くのは今日だけにしようね」

姉の春名は、巧を抱きしめていっしょに泣いてくれた。

母のぬくもりもほとんど覚えていない巧だったが、姉のお腹に顔を埋めて泣いていると、不思議と心が安らいだ。

きっと、あのとき自分は生まれ変わったのだ。

巧はそう信じている。これまでは生きる目的もなく、ただ惰性《だせい》で、母が連れ込む男たちの機嫌を損ねないようびくびくしながら暮らしていた。

目的ができた。このぬくもりを絶対に手放さないようにしようと強く意識した。

つまりは、姉を守ることだ。

それが巧の生きる理由となった。

守られていた巧がいつしか姉を守るのだと決意して、3年が経った。

巧は高等部の一年生にあがり、春名は同じく高等部の三年生になっていた。

学園の推薦枠で付属の大学に行くことはほぼ決定しているという。長期の休みでも帰宅を許さず自分たちを邪魔者扱いしている両親であったが、春名の父は世間体を気にする男でもあった。春名が優秀である限り、大学を出るまでの金は出してくれるだろう。

だからそれまで、巧は学園の中で春名を見守り、迫る危険を排除する。

ストーカーに狙われているという話を聞けば、こうしてスタンガンや釘打ち機、はては催涙手榴弾までも入手して得意の工作で違法な改造もしてみせる。それで充分、春名を守ることができる。

そのはず、だった。

化け物の出現によって、全ての予定が狂った。

下着姿になった春名には、近くで頭を潰されて殺されていた、大柄な男子生徒の服を着せた。少し血がついていたが、我慢して貰う。

「胸がきついけど、なんとか入ったよ。巧ちゃん、どうかな、お姉ちゃん、ちゃんと着られてる？」

春名が巧の方を向く。豊満な胸もとを、かろうじてシャツの中に押し込めていた。上のボタンがかけられず、谷間と下着が少し見えている。

なるべく早く、他の服を見つけよう。巧は強くそう誓った。

もっとも、その余裕があるかと言われると……。


巧と春名は、崖崩れの起きた、町を見下ろせる場所まで赴いた。

町があるはずの場所には、広大な草原が広がっていた。

春名は呆然となる。

「そんな……こんなこと、ありえないわ」

両手で口を覆い、泣き崩れてしまった。

無理もない。ただでさえオークに襲われて混乱しているところに、弟の巧がなんだか手から光を出したりオークを撲殺《ぼくさつ》したりしていて、きっと彼女はいっぱいいっぱいの状態であったのだ。そこに、この光景である。

巨大な鳥が象のような大型の生き物を襲い、その鋭い鉤爪で巨体をかっさらって、そのまま地平線の彼方まで飛んでいく。

「なんなの、あれ」

「なんだろうな……。ぼくにもさっぱりわからないんだよ、姉さん」

「巧ちゃん、どうして手から光が出たの？」

「それは、その。レベルアップ、というやつが……」

「ゲームの話？　ううん、違うみたいだね。巧ちゃんは、こんなところで冗談を言う子じゃないもの」

春名は巧の目をまっすぐ覗き込み、ひとつ、うん、とおおきくうなずく。巧はその双眸《そうぼう》に強い意志が宿っているように思えた。

「わかった。巧ちゃん、不安だよね。大丈夫。お姉ちゃんが守ってあげるわ」

「待ってくれ、姉さん。オークを倒したのは、ぼく……」

「オーク？　あの豚の化け物？　うん、確かにオークっぽいよね。ゲームに出てくるようなやつ」

「納得するのか、それで」

「全然わからないけど、事実、そうなんでしょう。巧ちゃんが、めちゃくちゃ辛そうな顔してるもの。わかるよ。とってもまずいことが起きていて、お姉ちゃんを守るにはこれしかないって覚悟を決めたんだよね。ありがとう、巧ちゃん。でも大丈夫。お姉ちゃんだって、守られてばかりはいられないから」

「いや、それは……」

「へっへっへ、お姉ちゃん、巧ちゃんより運動が得意だよ」

「走るのはぼくの方が速い」

「そ、そうかな？　同じくらいじゃないかな？」

春名はオークの落とした槍を拾っていた。彼女には少し大きなそれを両手で握り、えいやっ、とナギナタのように振るう。ふらついて、下生えの上に尻餅をついた。

やはり、こんなものだろうと巧は思う。自分だって、棍術スキルを取るまでは武器に振りまわされていた。

「それみろ。姉さん、無理はしないでよ」

「う、うん。……クラスのみんな、大丈夫かな」

春名は校舎のある方角を見やる。だいぶ離れてしまったから、ここからでは歩いて20分くらいかかるだろう。

いま、あちら側は地獄のような状態になっていることを巧は知っていた。

だからこそ、姉を連れてここ、町を見下ろす崖のあたりまで避難した。

ここが安全というわけではない。実際、前回死ぬ前に、このあたりでオークに遭遇したのである。

時間的には、いまよりももう少し後のはずで、西の空に夕日が沈みかける頃だったはず。

現在の時刻から判断するに、今から30分後くらいか。

「姉さん。とりあえず、森の奥まで行こう」

「えっと、巧ちゃん、まだお姉ちゃんに話していないことがあるよね？」

「あるけど、説明は後で……いいかな」

「ん、わかった。巧ちゃんを信じる。でも隠し事は駄目。後でちゃんと、お話しをしようね」

巧はうなずき、周囲を警戒しながら前に立って歩き出す。話しにくい、というよりも、何が何だかまだ巧自身もわかっていない、という方が正しいのだ。考えをまとめる時間が欲しかった。あの白い部屋でもっと考えておくべきだったのだろう。

自分の記憶にある、あの死んだときの情景は何だったのか。

話したところで、どうせ春名にも理解できまい。信じてくれるかどうかも怪しい。なら、そんな説明の手間は省いた方がいい。

そう自分を納得させ、巧はひとまずこの場からの避難を優先した。

オークがどこから現れたかはわからないが、山の下から登ってきたのなら、上の方に逃げるべきかもしれない。

「上だ。山の上に逃げよう」

学園から山を登るルートには、まっとうな道などない。獣道があるだけで、教師からは、危険なので使わないようにと言われているようなあたりである。

だが今は、それがむしろ一番安全ではないか、と巧は考えた。

実際のところ、それは甘い判断だった。

木々が密に茂るあたりを通りかかる際、巧は2体のオークの強襲を受けた。背の高い茂みが邪魔をして、まったく敵の姿が見えなかったのである。

何もできず、スキルを得る前と同じくらい無防備に、巧は正面からオークの槍の一撃を腹に受ける。

激痛と共に、血しぶきで目の前が赤く染まり、片膝をついた。起き上がろうとして、身体にちからが入らないことに気がつく。

巧が何度も刺突《しとつ》を受け、身体中が穴だらけになって地面に転がった後、オークは腰を抜かしていた春名のもとへ向かった。

彼女の悲鳴とオークの下卑た笑い声を聞いた。巧は「姉さん、姉さん」と声にならない声をあげながら、ゆっくりと姉のもとへ這いずっていく。

少しずつちからが抜けていく。

思考がゆっくりと途絶えていく。

‡‡‡

そして巧は、森の中に立っていた。

春名が目の前で、きょとんとしている。

太陽の位置は、やはり午後3時の少し前といったところ。

あのときに戻ったのだ、と瞬時に、理解した。

地震の直前に。

「ぼくが死ぬと、この時間に戻って来られるのか」

二度、戻ってきた。三度目も可能なのだろうか。死にたくはないが、かといって……。

「巧ちゃん？　ぼんやりとしちゃって、どうしたの？」

春名が心配そうに顔を覗き込んでくる。

制服には泥ひとつついておらず、その身も怪我ひとつないままの春名だ。

「また、守れなかった」

「巧ちゃん？」

「ごめん、姉さん」

巧の頬を涙が伝う。

いつもの揺れ。巧は、その地震ではっと我に返った。

こみ上げる想いがある。語りたいことは山ほどある。落ち着いて考えたいことも、星の数ほど。

だが現在、そんな余裕がないことは巧自身がいちばんよく知っていた。

試しに、右手に握られたスタンガンを軽く振ってみる。

先ほどまであったはずの万能感、これが自分の武器として、手足の延長線上として万全に扱えるという圧倒的な感覚が完全に消え去ってしまっていた。

棍術スキルが消えているのだ。

ならばおそらく、火魔法スキルも失ってしまったのだろう。

「姉さん。黙ってぼくについて来てくれ」

「巧ちゃん？　……うん、わかった。真剣なんだね」

春名のためらいは、ほんのひと呼吸ほどの間にすぎなかった。巧は春名を伴って歩き出す。

まずはオークを探し出し、レベルアップする。

すべてはそれからだ。

最初にオークと出会った空き地のそばの茂みに身を隠す。静かにするよう手振りで指示する。

春名は、これもまた戸惑いつつも従ってくれた。

ほどなくして、周囲を警戒もせず、学園の方からのっそりとオークがその姿を現す。

そばの春名が、びくっと身を震わせた。

だが彼女は賢明にも、驚きの声ひとつ上げなかった。じっと、ただ巧の方に視線を注いで、黙って彼の一挙手一投足に神経を注いでいることがわかる。

巧は右手のスタンガンをかたく握りしめた。

完全に油断しているオークを後ろから襲撃し、スタンガンで気絶させた後、釘打ち機に持ち替えてトドメを刺す。

そこまでは、何の問題もなく作業のように終わった。

巧は白い部屋にいた。

やはり、近くにいたはずの春名の姿はない。

自分ひとりだけになったことを自覚し、ひどく心細くなった。首を横に振る。今度こそ姉を守るためにも、やるべきことを行うのだ。

ＰＣの画面を覗いてみると、やはり取得したはずのスキルが消えていた。かわりに、消費したはずのスキルポイントはふたたび２に戻っている。

「全てがゼロに巻き戻ってるのか」

どうしてかは知らないが、死んで地震の直前に戻ったとき、残るのは巧の記憶だけのようである。他には何も持っていけないのだ。

むしろ何故、記憶が残ったままで時間が巻き戻るのか。

そもそもオークやあの草原といった非常識な出来事も理解できないから、これもまた一連の異常事象のひとつなのかもしれないが……。

春名には記憶の引き継ぎがない様子である。

彼女の一例だけで判断できるものでもないが、ひとまずは記憶の引き継ぎによる時間の巻き戻りは巧特有の現象であると考えるべきだろう。

そして、おそらくそのことは、他の誰も認識できていない。

このスキルとかいう怪しいものを与えてくれる白い部屋の主すらも、だ。

これは前回、時間の巻き戻りについて質問したときの反応から考察できたことである。白い部屋の主が空っとぼけている可能性は残っているものの、なんとなく巧は、そうではないだろうと思うのだ。

この部屋の主は、そこまで意地悪な存在ではない。

ただの直感ながらも、そう理解している。

無論、巧の直感が外れている可能性もある。ことに春名に関することになると、巧がこうと信じたことと現実が乖離《かいり》するのはよくあることだ。

よく、そのせいで春名に迷惑をかけている。それはそれとして、巧は自分自身のカンが悪い方ではないと思っているし、実際に機械いじりなどでは同好の士から「スジがいい」とよくいわれたものである。

巧という人間は、考えることそのものが好きだった。

問題に対して頭をひねり、解答を導き出すという行為そのものに快楽を覚える。

それは幼い頃、母が外で男を漁《あさ》っているとき、家から出るなと命令されて、本も学校の教科書くらいしかなかったときに覚えた遊びだ。

機嫌が悪いと理不尽に暴力を振るう母と違って、数式はいつでも変わらず同じ操作に対して同じ出力をしてくれる。巧には、それがとても愛おしく感じたのだ。

「問題をひとつずつ解きほぐしていこう」

白い部屋。ここにいる限り、現実では時間が流れない。

考えをまとめるには最適だ。

まず考えなくてはならないこととして、今後の方針がある。

じっとしているのは論外、山を登るのも危険が大きく、校舎の方へ向かうのは自殺行為もいいところだ、とこれまでの2回のループで判明している。

では他に、どんな逃げ場が考えられるのだろうか。

いや、そもそも逃げ場などというものがあるのだろうか。

ひとつ、巧を悩ませる質問の結果がある。誰であれ、オークを倒せばレベルアップするのか、という質問に対し、ＹＥＳという回答があったのだ。

「ぼくひとりじゃ限界がある。姉さんにもレベルアップして貰えば……」

そこまで考えて、首を横に振る。駄目だ。自分が姉を守るのであって、姉に守られる自分では駄目なのだ。

それに、巧とは違い、根が優しい彼女である。オークをその手で殺すことができるのか、という問題もあった。巧ははっきりとした殺意をもって、オークの頭を潰した。そこまでの覚悟を彼女に求めるのは難しい。

「やっぱり、ぼくがひとりで、姉さんを守るんだ」

口に出して、決意を新たにする。

「今度は、山を下りてみよう。山の外の町が草原になっていたけど、他の方向がどうなっているかはまだわからない。周囲によく注意して、オークがあちこちにいると知っていれば、対処もできるに違いない。そうだ、駐車場に行って、使える車があるか確認してみよう」

あまり根拠はないが、少なくとも校舎のまわりにあれだけのオークがいるのだから、そこから離れれば離れるだけ安全に近づくに違いない。

そのうえで、では取得するスキルである。

棍術と火魔法、という組み合わせにミスがあっただろうか。失敗の原因は敵を発見できず、奇襲を受けたことである。ならば……。

「偵察スキルって、もしかして重要なのか？」

しばらく考えた末、呟く。

自分がゲームに詳しければ、もっと早く気づいただろうか。巧は、己が近視的になっていたことを反省し、棍術スキルと偵察スキルを1にした。

決定キーを叩き、白い部屋から出る。

巧：レベル1　棍術0→1／偵察0→1　スキルポイント2→0

もとの場所に戻った巧は、棍棒と赤い宝石を拾い、春名と共にすぐその場から離れた。周囲を警戒しながら、山の東側、駐車場がある方角へ足を向ける。

春名は何か聞きたそうにしていたが、先ほどの化け物との遭遇が衝撃的だったのか、巧の指示をよく聞いて、大人しくついてきてくれている。

彼女は自分をとことん信頼してくれているのだ。その信頼に、彼女を守るという結果でもって応えなければならない。

幸いにして、偵察スキルの効果は絶大だった。

オークのいる方向が、なんとなくではあるが、わかる。

そのうえ、鋭敏になった耳が遠くの声を拾った。以前は気がつかなかったような草木の匂い、2歩後ろを歩く春名の体臭や汗の臭いまでもが細かく嗅ぎ分けられる。

目を細くすれば、遠くの木の枝に止まる小鳥が餌の毛虫をついばむ姿さえもよく見えた。

スキルの効果が絶大すぎる。

前回、何故これを選ばなかったのか、と後悔することしきりであった。

いや、そもそもPCの画面上からスキルというものを選んで本当に効果があるのかどうかも不明だったわけではあるが……。

「姉さん、こっちに」

小声で指示をする。道を外れて木陰に身をかがめたふたりから数歩のところを、2体のオークが通り過ぎていった。

春名は顔を恐怖に歪め、いまにも悲鳴をあげそうな様子で、しかし懸命にそれをこらえて巧の服の端をぎゅっと握っていた。

オークはふたりに気づかず、視界から消える。少しして、女性の悲鳴があがった。

「巧ちゃん、いまのって……」

「姉さん。ぼくたちが生き残ることを優先しよう」

春名は少し戸惑った後、うなずいた。

「そう、だね。巧ちゃんのことが、お姉ちゃんはいちばん大事だから」

巧は心の中で胸を撫でおろす。他人を見捨てる、という自分の選択に賛同してくれるかどうか、そこばかりは大きな賭けだった。

ふたりは、悲鳴に背を向けた。

いったい、こいつらは何十体、いや何百体いるのだ。

巧は偵察スキルの恩恵により、何度も、いくつもオークの気配を感じた。

計算外だ。

こんな数のオークが以前から学園のそばに生息していたとは思えない。山の上に棲んでいたとも考えにくい。ならば、こいつらはどこか別の場所からやってきたのだろう。

どこから？

わからない。だが少なくとも、あの地震とそれに続く一連の事件は関係しているのだろう。山の麓の街並みが巨大な生き物が闊歩する草原になってしまっていることも、同様だ。

「お姉ちゃんたち、異世界に来ちゃったのかな」

いちど、春名がそんな言葉をぽつりと漏らした。

なるほど、異世界。春名の口からこぼれたとは思えないほど非日常的な単語であったが、確かにこの非常識な出来事の数々を思えば、それも納得がいく。

だがそうなると……。

「元に戻れるのかな」

思わず、巧はそう呟いてしまった。そのあと、はっとなって姉の顔を見る。春名は首を横に振った。

「いまは、わからないよね」

急に視界が開ける。駐車場にたどり着いた。

開けた駐車場は、不気味なほど静まりかえっていた。車が２０台くらい停まれるスペースのうち、実際に停まっているのは乗用車が５台ほどと、ミニバンが２台、それからスクーター・タイプのバイクが１台だけである。

巧の目は、そのうちスクーターに吸い寄せられた。

白バイだったからだ。

スクーターのそばに警察官が倒れていた。拳銃がすぐそばに転がり、その首はへし折れている。

オークに向かって銃を向けたのだろうが、勝てなかったようだ。

発砲をためらってしまったのか、外れたのか、それはわからない。他に死体はふたつで、いずれも校舎で見たことがある清掃員たちだった。

死体に数羽のカラスが群がっていた。巧と春名が近づくと、カラスたちはさっと空を飛んで逃げていく。

巧は警察官の死体の前でかがみこんで、懐を漁った。思った通り、スクーターのイグニッションキーが出てくる。

「ね、ねえ、巧ちゃん。いったいどうするの？」

「このスクーターで逃げよう」

拳銃を拾う。モデルガンで仕組みは知っていた。装弾数は5発。親友ならもっと詳しいのだが、と頭を掻《か》く。

中の弾はふたつ欠けていて、残りは3発だけだった。心もとない数だが、まあ銃があるというだけで心持ちが変わる。巧は拳銃を腰のベルトに押し込んだ。

「巧ちゃん、バイク乗れたっけ」

「原付なら、バイク部で一度だけ。似たようなもんだろ」

「そ、そうかな……？　そもそも、うちの学園にバイク部ってあったっけ」

「非公認だよ。勝手にバイクの部品を持ち寄って改造したバイクを愛でている奴らだ。改造にはぼくもつき合った」

「お姉ちゃん、初めて知ったなあ。ちょっと、その、かなり違法な気がするんだけど……」

どうせ原付免許でこの白バイに乗るだけで違法である。巧はその言葉を呑み込んでおく。

「乗せるのは知り合いだけだし、公道は走らない。学園内部の道は私道だから、たぶん合法なんじゃないか」

春名は、うーんうーんと唸った末、これ以上の追及は諦めることにしたようだ。どのみち、現状でそんなことに意味はない。少なくとも、巧たちが元の場所に戻れなくては。

巧は腰の工具袋からドライバーをとり出し、スクーターの背に据えつけられた白い箱のネジを手際よく外す。後には荷台だけが残った。

「もっといろいろあれば、姉さんが乗るシートを取りつけるんだけど」

「わたしのお尻なんて、この荷台で充分だよ」

そんなことはない、姉の尻は何よりも大切だと小一時間ほど力説したかったが、今はそれよりも優先するべきことがある、と思い直す。

巧は白バイのシートに腰を下ろした。形状は似ていても、遊びで乗った原付よりハンドルが重い。排気量の違いだ。

覚悟を決めてキーを差し込み、ひねる。エンジンに火が入り、子気味よい音と振動が腹を叩く。

スロットルをゆっくりとひねった。

スクーターは滑るように走り出す。

巧は駐車場を軽く一周した後、春名を拾って荷台に乗せた。ひとつしかないヘルメットは彼女にかぶせる。

「姉さん。腰に手をまわして、しがみついて」

「う、うん。すごいね、巧ちゃん。運転、上手いんだ」

「まだわからない。やれるだけ、やってみる」

春名が後ろからしがみついてくる。豊満な胸が巧の背中で潰れる感触があった。同時に、彼女の震えが伝わってくる。巧は歯をきつく噛んだ。

とにかく今は、迅速にこの場を離れるべきだろう。バイクの音を聞けば、きっとオークが集まってくる。

スロットルをひねる。スクーターが加速する。先ほどより少し重いのは、春名のぶん重量が増えたからだ。

ふたりを乗せた白い車体は、砂利道を抜けて、アスファルトの公道に出た。

巧はカーブを抜けながら更に加速させる。

道は時計回りに山を東から西へ抜け、徐々に下っていった。右手には土が露出する壁面が続き、左手は切り立った崖の手前にガードレールがある。

崖から見下ろす先には本来住宅街が広がっていて、その先には線路があるはずだったが……。

いま見える景色は、ただ一面の、未開の草原だった。

草原を歩く六本足の馬や巨象のような生き物も、空を飛ぶ巨大な鳥も、巧たちの世界には存在しないものばかりである。

「巧ちゃん、スピード、スピード！　出し過ぎ！　カーブだよ、カーブ！」

「大丈夫、これくらいのカーブなら、もっと出せる」

一度、動き出せば、スクーターは思った以上に軽く感じた。慎重な体重移動でカーブを曲がり、加速する。

ふと、犬の遠吠えが響いた。野良犬が、たまに学園に迷い込んで来ることがある。その類だろうか。

次の瞬間、偵察スキルが働いた。頭上から何か黒くて大きなものが降ってきたのだ。巧は慌てて車体を傾け、それを避けた。背中の春名が悲鳴をあげる。

恐怖を覚えた。背後に落ちた何かが爪でアスファルトを蹴る音を聞く。振り向くこともせず、感覚の赴くままにスロットルをまわした。

　エンジンが唸りをあげ、一気に加速する。

「姉さん、掴まっていて！」

「駄目、巧ちゃん――」

　春名の叫び声。直後、彼女の悲鳴が耳朶《じだ》を打つ。

　背中に当たる温かい感覚が消えた。

　即座に振り向く。首のない春名の身体が後ろに向かって飛んでいく姿が見えた。その更に後方に、何か丸いものを咥えた黒い大きな犬の姿がある。サイズ感からして、馬ほどの大きさがあると思われた。

　呆然として、そのまま身体が固まってしまう。

　スクーターが転倒し、巧の身体は宙に投げ出された。

　宙を舞う中、黒い犬を凝視する。

　犬は春名の頭部を吐き出し、その紅蓮《ぐれん》の双眸で巧を睨む。口の端から、ちろりちろりと赤い炎が見えた。

　巧の身体は激しくアスファルトに叩きつけられ、低く呻いた。

　その痛みではっと我に返り、よろめきながら立ち上がる。スクーターがガードレールに叩きつけられる金属音が背中で響いた。

拳銃を抜き、大きな犬に向かって構える。視界の隅で、春名の頭部が転がった。うつろな目が巧と合う。

巧は雄たけびをあげた。撃鉄を起こす。

すぐさま黒い犬に向け引き金を引く。

実銃は想像以上の反動があり、腕ががくんと揺れる。銃弾は見当はずれの方向に飛んでいった。

構うものか。

もう一度、撃鉄を起こして引き金を引く。

今度は犬の胴体に命中した。だが相手は身じろぎもせず、銃弾は黒く分厚い毛皮に吸い込まれただけだ。

こいつはオークなどよりはるかに格上の存在なのだと理解する。

乾いた笑い声が聞こえた。自分の声だった。巧は自分が涙を流しながら笑っていることに気づいた。

「姉さん。今、行くよ」

撃鉄を起こす。弾は最後の1発だ。

巧は拳銃を己のこめかみに当て、引き金を引いた。

乾いた音が耳もとで響く。

鈍い衝撃と共に意識が飛んだ。

‡‡‡

時間が巻き戻った。

巧が急に話を止めたため、きょとんとしている春名が目の前にいる。今回もまたスタンガンの説明をしている最中だった。

巧は頭の中で考えをまとめる。道路を使うのは駄目だ。あの犬は、おそらくスクーターの音に反応して出てきたのだろう。

バイクや車の走行音は特徴的だから、無理もない。相対した感じ、あの犬がオーク以上の化け物なのは間違いなかった。

あんな化け物まで徘徊《はいかい》していると考えると暗澹《あんたん》たる思いだ。

いや、別にあれと戦う必要はない。気持ちを切り替える。

犬との戦いは避ければいい。下山は、ひとまず諦めよう。

幸い、というべきか。やはりこの時間に巻き戻るようだった。

ならば、トライするべきことはまだある。

下が駄目なら、上だ。

地面が揺れた。

地獄が始まったのだ。

「姉さん、何も言わずについてきて」

春名は、何か言いたげに巧を見たものの、黙ってうなずいてくれた。彼女の手を引き、まずは同じ手順を踏んでオークを見つけ、殺し、レベルアップする。

「偵察スキルは、やっぱり有用だった。山の上を目指すなら、なおさらだろう。もうひとつが問題だよな」

少し考えて、巧は偵察スキルと射撃スキルを手に入れた。拳銃を有効に使うためだ。

決定キーを叩き、元の場所に戻る。

巧：レベル1　射撃0↓1／偵察0↓1　スキルポイント2↓0

「巧ちゃん、これって……」

「大丈夫。姉さんはぼくが守るから」

続いて駐車場に赴き、警察官の死体から拳銃を手に入れる。そういえば警棒も、と探してみたが、見つからなかった。オークが持ち去ったのかもしれない、と捜索を諦める。

「ど、どういうことなの、巧ちゃん」

「姉さん、こっちだ」

警棒の捜索をしていたこともあって、もうあまり時間がない。

巧は警察官のはめていた腕時計をちらりと確認してから、今度は山を登るルートを見定め、春名の手を引き歩き出す。

山道では何度か、近くでオークの気配を感じた。

巧と春名はその度に道を外れ、背の高い茂みや大きな木の陰に身を隠し、息を殺してオークが過ぎ去るのを待った。

「巧ちゃん、そろそろ説明を……」

春名は何かをいいかけて、口を閉ざした。

巧が険しい顔で立ち上がったからだ。

「姉さん、走れる？」

「う、うん」

「合図したら、全力で走って。あっちの方に」

油断していた。巧は歯をきつく噛みしめる。気づけば、オークのものとおぼしき気配が、巧たちを包囲するように散開しながら近づいてきていた。

相手がこちらのことを気づいているかはわからない。

隠れる場所がない形で包囲網を形成している以上、それが故意か偶然か、いまはどちらでもよかった。

どこかで戦わなければ切り抜けられないということだ。

巧は拳銃を握り、撃鉄を起こす。春名を守るためにはやるしかない。

タイミングを見計らって、巧は包囲の一角に向かって飛び出した。

オークが2体、立ちすくんでいた。偵察スキルのおかげか、隠密の精度も向上していたのだ。

突如として目の前に現れた巧に、オークが驚いている。ほんの一瞬の動揺は、巧にとって千載一遇の好機であった。

「姉さんのために死ね！」

巧は引き金を引いた。乾いた音が響いて、オークの左目に穴が開く。硝煙の臭いが立ちこめた。オークが仰向けに斃れる。巧はヒステリックな笑い声をあげた。

残る1体がぎょっとした様子で目をおおきく見開き、しかし即座に鋭い叫び声をあげた。

仲間への警告だ。オークの気配がこちらに迫って来るのがわかる。だがそのおかげで、春名が逃げる隙が生まれた。

「姉さん、行って！」

「う、うん！」

春名が、巧とは反対側に駆けだすのがわかる。

これで、いい。巧は安堵した。あとはせいぜい、こいつらの注意を引きながら適当なところで撤退すればいい。

それからは無我夢中だった。残る2発の弾は、すぐに無くなった。巧はスタンガンや釘打ち機も使ってぼろぼろになるまで戦い、オークの包囲網から逃げ延びた。

痛む身体を引きずって、春名との合流ポイントを目指す。

脚を動かすのも辛い。目も片方、見えない。それでも生き残った。春名が無事なら、自分のことなんてどうなってもいいと心から信じていた。

だが巧は、合流地点としていた山小屋で立ちすくむ。

そこで、5、6体のオークたちに組み伏せられ、素肌を晒《さら》し彼らにのしかかられて呻いている姉を発見したからだ。

うつろな目をした春名と視線が合う。腫れたその唇が、ゆっくりと動いた。

「逃げて」

巧は雄たけびをあげて、オークの群れに躍りかかった。

その声に振り向いたオークの1体、ひとまわり大きく青銅色の肌のオークが、棍棒のように太い腕を無造作に振るう。その拳の一撃は巧の頭を吹き飛ばした。

一瞬で、意識が途絶える。

‡‡‡‡

時間が巻き戻り、巧はまた地震の少し前の時点で意識を取り戻した。

春名が、黙ってしまった彼を見て、小首をかしげている。

「駄目だった。また、姉さんを……」

「巧ちゃん、どうしたの？　お姉ちゃんはここにいるよ？」

巧が言葉を失っている間に、地震が起きた。

揺れが収まった後、巧は泣きそうになりながら、姉を見つめた。

「姉さん。ぼくにはもう、どうしたらいいかわからない」

「巧ちゃん？」

春名は、真剣な顔になる。

「巧ちゃん、お姉ちゃんに全部話してみて」

赤肌ーオーク

LV.1

スキル：オーク1

オークの一般兵。ヴラキ大帝国の兵士で、大将軍ザガーラズィナーのもと勇猛果敢に戦うことで知られていた。

剣、槍、斧とあらゆる近接武器を使いこなす反面、種族として武器を製造する技術を持たず、主に鹵獲した武器を用いる。

オークは戦に特化した種族であり、極少数の女性と大多数の男性で社会が形成されている。

他種族の女性を用いて個体数を増やす政策が支配的で、これが他種族との対立を招き、結果種族としての滅亡へと繋がった。

肉体の強靭さではヒトの追従を許さないものの、平均して知性で劣り、魔法に対する適性に欠け、魔法耐性も低い。

ランク別【炎魔法】一覧

火魔法ランク1

ファイア・ブレット	炎の弾丸を撃ち出す
イグニッション	至近距離の目標に発火。 だいたいチャッカマン
フラッシュ・ライト	一瞬、眩い閃光を生み出す
ワーム・コート(Rank×1時間)	対象の周囲を暖かい空気で保温する

火魔法ランク2

フレイム・アロー	火の矢をRank×1本生み出し、撃ち出す
ゴースト・ランタン (Rank×10分)	宙に浮く掌サイズの炎を生み出し、 自身の周囲Rank×2メートル以内を 自由に移動させる。ダメージはない
フレイム・ソード(Rank×30秒)	手から炎の剣を生み出す
レジスト・ファイア(Rank×2分)	火、高温、魔法的な爆発に対して抵抗を得る

火魔法ランク3

ファイア・ボム	対象に命中すると爆発する火球を放つ
フレイム・サークル	一点を中心とした半径2メートル以内、 高さ2メートル以内の円筒形状に 炎の壁を立てる
ファイア・コントロール	近くで燃えている炎の形状を自在に操る
フレア・イリュージョン	炎を用いて、自身が思い描いた ゆらめく幻影をつくり出す

火魔法ランク4

バーニング・レイン	対象範囲に炎の雨が降り注ぐ
ファイア・シールド	自身の周囲に炎の薄膜を張り巡らせ、触れた相手に火属性ダメージを与える
キャンドル・デイズ（Rank×5秒）	揺らめく幻影の炎を生み出し、それを見た者を幻惑させる
エターナル・フレイム（Rank×1時間）	持続時間中、消えない明かりを生み出す（ディスペル系で消すことは可能）

火魔法ランク5

ファイア・ボール	広範囲に爆発する火球を生み出し、放つ
フレイム・バインド（Rank×5秒）	対象の周囲に炎の輪を生み出し、拘束する
フレイム・ヒール	ヒールの３／４の効果がある弱いヒール
フレイム・ゲイザー（Rank×30秒）	指定した地面から炎の壁が吹き上がる

火魔法ランク6

ファイア・ストーム	広い範囲を炎の嵐で攻撃する
ドレッド・フレア（Rank×5秒）	恐怖効果を持つ青白い炎の幻影を生み出し、見た者を恐怖で逃走させる
フレイム・レストレイション	弱い状態異常回復、回復対象はレストレイションと同じ
シマー（Rank×5秒）	対象の周囲にそっくりの陽炎のような虚像を複数生み出す。高速で動くほど、多くの虚像

火魔法ランク7

エクスプロージョン・ボックス (Rank×10分)	握りこぶし大の黒い球体を生み出す。 時間内に衝撃を与えると爆発する
フレイム・テレポート	術者が触れている対象と共に、Rank×10m 以内の炎から炎へ瞬間移動する
フレイム・ジャベリン	炎に包まれた槍を放つ
ブライト・シールド	輝ける炎の盾を生み出し、 魔法を含む攻撃を受け止める

火魔法ランク8

インシネレート	業火を放つ。範囲攻撃
ハイレジスト・ファイア (Rank×10秒)	レジスト・ファイアの強化版、 効果時間は短い
フレイム・カッター	炎の刃を飛ばし、対象を切り裂くと同時に 切断面を焼く。単体攻撃
フレイム・ブリーズ (Rank×10秒)	優しい炎を生み出し、 見た対象の感情を落ち着かせる

火魔法ランク9

インフェルノ	火弾を放ち、一点を中心とした 広い範囲に轟音と爆発
サンライズ	眩い閃光と共に魔法的な暗闇と あらゆる幻影を打ち消す
フェニックス(Rank×10秒)	強い再生能力を付与する。 リジェネレーション+欠損部位高速再生
プロミネンス・スネーク	単体火攻撃。炎の蛇がどこまでも追う

第2話　お姉ちゃんのターン

最初からこうすればよかった、と巧《たくみ》は思った。

春名《はるな》に、これまでの出来事をざっくりと説明した後のことである。

彼女は巧の語った出来の悪い夢のような出来事の数々を、すべて信じると宣言した。

細かいところは端折《はしょ》ったものの、にわかには信じられないことばかりだったはずである。だが春名は「巧ちゃんがお姉ちゃんに嘘をつくはずないからね」のひとことで全て呑み込んだ。

ひょっとしたら彼女の頭の片隅では疑念を持っているかもしれないが、だとしてもそれを巧にはいっさい見せず、完璧に信じた様子を見せてくれたのである。

巧は強い安堵感《あんどかん》を覚えた。重い肩の荷が下りたような気がした。

泣きそうになるほど、彼女が頼もしい。

つまるところ、姉は強かった。巧が想像していたよりも、何倍も。自分ひとりであれこれ考え、奮闘していたのが馬鹿馬鹿しくなるほどに。

「それじゃ、行こうか」

「行くって、どこへ？」

「オークを、倒すんでしょう？　早く行かないと、せっかくのチャンスを逃しちゃうかもしれない。大丈夫、お姉ちゃんがオークを倒してあげるから」

「待ってくれ、姉さん。倒すのはぼくで……」

「それで、駄目だったんでしょう？　巧ちゃんは、たくさん頑張った。なら次は、お姉ちゃんの番だよ」

　巧は目を大きく見開いて、立ちすくむ。そんな彼の手を引き、春名は先頭に立って歩き出した。ぐいぐいと彼を引っ張っていく。

「でも、そんな……」

「腕相撲は、お姉ちゃんの方が強いよ。それに、そのスタンガンがあればオークを気絶させられることは巧ちゃんが確認済みなんだよね。だったら、できるよ」

　果たして、春名は宣言通りにやってのけた。

　初めてオークの姿を見たときは驚いたものの、すぐに恐怖を押し殺し、スタンガンで相手を気絶させた後、あらかじめ巧が渡しておいた工作用のナイフをその首に突き立ててトドメを刺す。

　そこにはいっさいの躊躇《ためら》いがない。感嘆するような手際だった。

「どうして、姉さんは、そんなに……」

「だって、巧ちゃんを守るためだもの。お姉ちゃんは、そのためならどこまでも強くなれるんだよ」

えっへん、と胸を張り、ちからこぶをつくってみせる春名。その直後、彼女の表情が変化した。白い部屋に行って戻ってきたのだ、と巧は理解する。

「なるほどね」

春名は、うんうん、と何度もうなずいてみせた。

「面白いね」

あまり巧の前では見せない、感情を消した表情。

氷姫《ひょうき》、と呼ばれるときの彼女。

一瞬だけ、そんな姿を見せる。だがそれは本当に瞬きひとつする間のことだった。すぐに、いつもの快活な様子に戻る。

「巧ちゃんの言った通りだったよ。それ以外にもいろいろわかった。とりあえず、行こうか」

「どこへ？」

「さっきの場所に戻るの。そこにもう1体、オークが来るんでしょう？　次は巧ちゃんがレベルアップする番」

なるほど、先ほどの短い説明だけで、そこまで計画を立てたのか。

いや、違うのか。白い部屋だ、と巧はすぐ理解する。

彼女は白い部屋において、ひとりきりで長い時間をかけて巧の説明を咀嚼し、ノートＰＣへの質問も含めて考えをまとめ、今後の行動の指針をつくってみせたのである。

「大丈夫だよ。お姉ちゃんが、きちんと手伝うから」

果たして、彼女の宣言の通りだった。

ふたりで隠れてオークを待ち構え、まず春名が火魔法のランク1、フラッシュ・ライトでオークの目を眩ませる。しかる後、身軽な動きでオークの懐《ふところ》に飛び込むとスタンガンを突き出た腹にあてて気絶させた。

倒れ臥したオークを前にして、春名は巧の腰から釘打ち機を抜き、手渡してくれた。

「さあ、喉のところに当てて、ぐさっといっちゃおう！」

「姉さん、すごく手際がいいね」

「頭の中で、何度もシミュレートしたんだよ。巧ちゃんを守るために、あらゆるパターンを考えた。時間だけはたっぷりあったから」

それにしても、それを本番でやってのけるというのは……彼女には、それだけの才能があった、ということなのだろうか。

巧が彼女を「守ってやる」と考えていたのは、間違いだったのだろうか。

いや、と首を横に振る。いまはまず、このオークにトドメを刺すことだ。それ以外のことを考えるのは、また後でいい。

巧はオークの喉に釘打ち機の先端を当てて、引き金を引く。

ファンファーレが響き、彼は白い部屋に赴いた。

春名から、あらかじめ彼女が取得したスキルは聞いていた。

火魔法スキルと偵察スキルだ。

以前の周回での巧の行動を聞いた春名はこう言った。

「ひとりじゃ、スキルはふたつしか取れない。でもふたりなら、もっといろいろできるよ。きっとその方が、強くなれる」

加えて、こうもつけ加えた。

「お姉ちゃんと巧ちゃんのふたりでパーティをつくればいいしね」

パーティ？　と首をかしげる巧に、彼女は白い部屋で質問して得た成果のひとつ、パーティというシステムについて教えてくれた。

パーティを組むことで、パーティメンバーはさまざまな利益を共同で得ることができるという。たとえばオークを倒して得た経験値はパーティで等分されるし、誰かがレベルアップすることでパーティ全員が同じ白い部屋に行くことができるのであるとのことである。

「よくわからないな。姉さんといっしょに白い部屋に行ける、というのは朗報だけど」

「巧ちゃん、ゲームとかさっぱりだもんねえ。お姉ちゃんは、こういうのちょっと詳しいから。安心してね」

春名は友人からゲーム機を借りてよく遊んでいたという。

父に隠れて、だ。厳格な彼女の実父は、彼女が勉強以外の余計なことに時間を使うことを許さなかった。故《ゆえ》に彼女は、娯楽に関して友人たちを頼りとしていたらしい。

自分は、そこまで要領がよくなかった、と巧は肩を落とす。

まあ、そもそも同年代の者たちが夢中になっていたゲームというものに、あまり興味を持てなかったというのもあるのだけれど……。

それはそれとして、と巧は白い部屋で考える。

「姉さんが偵察スキルを取ったなら、ぼくはどうすればいい？」

巧が今回も棍術スキルを取るのは、ほぼ決定事項だ。問題はもうひとつのスキルである。最初に赴いた白い部屋で取得した火魔法も、春名に取られてしまった。

となると、コンビネーションを考えて、それ以外の何かを選ぶべきだろう。それくらいはゲームに疎《うと》い彼でもわかる。

「姉さんから、オススメを聞いておけばよかった」

後の祭りである。

気を取り直して、巧は腕組みすると白い天井を睨《にら》んだ。ひとりで全てをやらなければならないと思っていたから切り捨てていたスキル。そこからもう一度、考えてみよう。

改めて、以前の周回では何がまずかったのか。

敵から逃げ続けているうちに、いつの間にか包囲されていた。敵の方としてはそんなつもりはなかったかもしれないが、純粋にオークの数が巧の想定より多すぎたのだ。

「拳銃があるからって、射撃スキルは駄目だったな」

弾の補給ができるならともかく、たったの3発ではとうてい足りない。

オークとの遭遇を怖がって、逃げてばかりでは追い詰められるだけなのだ。山を登っていくならある程度はオークを排除しながら進む必要があったのだろう。

そうなると、必要なのは継続して戦えるちからと、援軍を呼ばれないうちにオークを早期に殲滅《せんめつ》するちから。あるいは援軍を呼ばせないちから。

もっと言えば、複数のオークを相手にしても切り抜けることができるようなちから。そういったものになるのだろうか。

「援軍を呼ばせない、というのは……音を立てない？　でもオークと戦えばどうしたってひと騒ぎだし、オークはここぞとばかりに叫ぶよな。叫ばせない……風魔法にスリーピング・ソングという魔法があったか」

いちおう、ランク1の魔法は全て頭の中に叩き込んである。

初めてこの白い部屋に来たとき、メモ帳にメモを取ったのだが、それは白い部屋を出たら消えてしまった。この部屋で起きた物事は、記憶以外全て無かったことになるらしい。

だから、暗記した。

ものを覚えるには、コツがある。頭の中で春名の声で話して貰うのだ。春名の言葉であれば、巧はなんだって記憶できる。どれだけだって元気が出てくる。

ほら、簡単でしょう？

そういうわけで、記憶した知識を引き出してみる。目をつぶり、想起する。春名の声が頭の中で語り出し始めた。

やはり風魔法のスリーピング・ソングが最有力候補か。ランク２になると、サイレント・フィールドという周囲を静かにさせる魔法も習得できる。

あとは春名と共に火魔法を使い、ファイア・ブレットなどで遠くからちまちま攻撃するというのは……。

「駄目な気がする。悠長なことをしていたら、それこそ囲まれる」

地魔法のアース・バインドは地面の下草を操ってオークの脚をからめ取る魔法で、これは相手のフットワークを奪うことができて、有用な気がする。

とはいえ足止めされたオークは余計に騒ぐだろう。ひとまずは見送りだ。

「治療魔法……姉さんが怪我《けが》をしたら、治療できる。これはアリだ。いや、でも……怪我をする前にさっさと倒すべき、だよな」

付与魔法はどうだろうか。キーン・ウェポンやフィジカル・アップ、マイティ・アーム……イマイチ、その良さがわからない。巧はゲームに興味がない。もしかしたら便利なものなのかもしれないが、どう効果的に使うのか想像できない。ひとまず棚上げする。

召喚魔法も同じだ。召喚した部下の強さについて質問したところ、ランク1で呼べるカラス程度では一瞬、オークを足止めすることがせいぜい、という回答を得ている。論外だ。

「となると肉体、運動あたりがいいのか」

巧も春名も運動系の部活には入っていない。

春名は特に身体を動かすことを苦にしないが、それはそれとして運動部のエース等に比べれば圧倒的にフィジカルに劣る。

巧は白い部屋の存在すらなかった最初の周回のことを思い出していた。

校舎のそばで、オークに立ち向かった運動部の顧問。彼の打撃はオークに通じず、なすすべもなく殺されていた。

結論。スキルのちからがなければ、ヒトではオークにフィジカルで勝てない。

質疑応答により、肉体スキルを1にすることでオークとのちから比べに勝つことができる、ということが判明している。

これは、アリだ。

きっと春名も「巧ちゃん、かっこいい」と褒めてくれる。頭の中で春名が喜ぶ姿を妄想する。

これしかない、と巧は理解した。

結局、巧は棍術スキルと肉体スキルを取得し、白い部屋を出た。

巧：レベル1　棍術0→1／肉体0→1　スキルポイント2→0

元の場所に戻った後、巧は春名とパーティを結成する。

方法は簡単で、レベル1になった者同士で触れ合い、そう念じるだけだった。互いの右手の小指に赤い輪が生まれる。

指輪のようだ、と巧は思った。春名を見る。

「お揃いだね」

はにかんだ笑みを浮かべていた。

巧の心が躍る。

もっとも、この赤い輪は実体がないようで、触れようとするとすり抜けてしまった。動画で見たAR技術のようで、そういった技術に興味がある巧としては、ちょっと面白いなと思う。

それはさておき、これで巧と春名は、互いにパーティの恩恵を得ることができるようになった。

いちばんの恩恵は、倒したオークの経験値が等分されて両方に加算されることだ。

質疑応答によれば、ひとりの場合、オークを2体倒せばレベル2になれるとのこと。ふたりでパーティを組んだ場合は、巧と春名で合わせて4体を倒せばいい。

これは巧だけがトドメを刺してもいいし、春名だけでもいいということだ。

他に、パーティを組んだ相手にだけ効く魔法などもあるらしい。

このあたりは要検証である。なお、パーティの最大人数は6人とのこと。現状、巧は春名以外とパーティを組むつもりがないから関係がないが。

また、互いの距離が離れすぎていると、こういった恩恵も得られないとのことである。巧は春名と離れるつもりがないから、これも関係ないことだが。

「さてそれじゃ、行こうか」

「姉さん？」

「あっちの方でオークが1体でいるから、ぱぱっと倒しちゃおう」

明るく、春名はそういって茂みの中に入っていく。巧は慌てて追いかけた。


春名の偵察スキルの恩恵をもってオークの位置を割り出し、単独行動しているところをフラッシュ・ライトでの目くらましからの奇襲で始末する。

スタンガンは巧が持ち、棍棒と併用して、手際よくオークを気絶させ、その頭をかち割った。肉体スキルのおかげで、苦も無くオークの頭蓋骨を粉砕することができるようになり、化け物の殺害が捗った。

頭から青い血を流してオークが倒れ臥《ふ》す。

その個体が死ぬと同時に身体が消え、赤い宝石が残る。今更、宝石に何の利用価値があるか

はわからなかったが、念のため回収しておいた。

「次は、拳銃だね。さっさと回収しよう」

幸いにして、オークを狩るうち巧たちはだいぶ駐車場の方へ移動していた。スクーターのそばに横たわる警官の死体から拳銃と腕時計、トランシーバーを手に入れる。

「腕時計とトランシーバーは、何かの役に立つかな」

「どうかな。でも、いろいろやってみた方がいいとお姉ちゃんは思うんだ。さ、次はあっち。オークをどんどん始末しよう。れっつごー！」

あっという間に、更にオークを3体、倒してみせる。

巧の頭の中でファンファーレが鳴り響いた。


巧と春名、ふたりは並んで、白い部屋に立っていた。

「ふたりで戦うと、こんなに簡単なんだ。スタンガンのバッテリーが切れる前にレベルアップできてよかった」

巧は呟く。春名が、あれ、と首をかしげた。

「お姉ちゃん、機械とかに弱くてごめんね。スタンガンって何度も使えないの？」

「最大出力で使っているから、もうギリギリかな。予備のバッテリーは一個だけ持ってきてる。寮に戻れば、もっとあるけど……」

いまの状況で寮に戻るのはリスクが大きい、と巧は判断していた。春名も同意見のようだ。

「でも、これでゆっくり巧ちゃんと話せるね」

机と椅子とノートPCは2台に増えていた。それぞれ、巧と春名の取得したスキルが表示されている。

ふたりは椅子を向かい合わせにして、どちらからともなく腰を下ろした。

「まずは、巧ちゃん。お姉ちゃんに、もう一度、これまで何があったか教えて」

「長くなる、けど……」

「ここでは、いくら時間をかけても大丈夫なんだよ」

それもそうだ、と巧はうなずく。

話をした。

彼にしてみれば長く辛く苦しい、そして全て消えてしまった、四度の周回の話を。

春名は口を挟まず、時々うなずいたり、巧の握りしめた手にそっと掌を重ねたりしながら、黙って彼の話を聞いた。

巧の説明が終わる。春名はいくつか質問をした。校舎の状況について、特に聞きたがった。

巧は少し躊躇ったが、隠さず正直にすべてを話した。

「みんなのこと、心配だわ」

「姉さんは、友達が多いから……」

「巧ちゃんのお友達のことだって、心配だよ」

「でも、姉さんの方が優先だ」

「お姉ちゃんも、巧ちゃんの方が優先です。友達の無事を確認したいし、助けに行きたいって気持ちはある。でも、それよりも今は、巧ちゃんとふたりで生き延びること。それを優先したいと思うわ。いいかな、巧ちゃん」

巧に異論はなかった。首を縦に振る。春名は微笑んで、巧の頭を撫でた。

春名の匂いが鼻孔をくすぐる。巧は緊張が解けて、身体がリラックスする自分を意識した。春名がそばにいてくれるだけで、無限にちからが湧いてくる。

どこまでだって行ける気がする。

「それでいいんだよ。まずは自分たちの身を守らないと。巧ちゃんは、お姉ちゃんを守ろうと頑張ってくれたんだね。でもひとりで頑張っちゃうのは駄目。そのことに気づいて、お姉ちゃんに相談してくれた。だから満点です。お姉ちゃんは、巧ちゃんを何度でも褒めます」

「姉さん、あのさ、ぼくももう、高校生になったんだから……」

頭を撫でられるのは、くすぐったい気持ちになって、嬉しい。でも自分がまだ子ども扱いされているようで、そこだけは少し気に入らなかった。

にこにこした春名の顔を見ていると、まあいいかという気にもなってくるが……。

「ごめんね。巧ちゃんは、もう立派な男の子だよ」

そうじゃないんだけどなあ。一人前の男になったつもりなんだけどなあ、と巧は考える。口には出さない。

「昔は、もっと嬉しそうに撫でられてくれたのに」

「出会ったばかりの頃だろ……」

「まだ、たったの3年前だよ」

3年前の巧は、いまほど余裕がなかった。

実のところ、最初は突然できた姉という存在に反発していた。春名は、そんな巧を優しく包み込んでくれた。

出会ってすぐ、ふたりはこの学園に編入させられた。

学年がふたつも違えば、普段、学園内で会うこともない。男女で寮の場所も違う。だが春名は、頻繁に巧に会いに来てくれた。

翌年、春名が高等部に進学してからは、更に互いの距離が遠のいた。

中等部と高等部は行き来するのに10分くらいかかるのだ。それでも春名は、毎日、巧のために時間を取った。そんな彼女に、いつしか巧はほだされていった。

語りたいことはいっぱいあった。語り切れないほどあった。それでも、いまはまず、現状についての話をするべきだ。巧は話を戻す。

「次はどんなスキルを取るべきかな」

「いま持ってるスキルのどっちかを2にするべきじゃないかな。お姉ちゃんは、火魔法を2にしようと思います」

「ぼくは棍術、かな」

「それがいいんじゃないかな。本当は、巧ちゃんが前に出て戦うのはお姉ちゃん反対なんだけど……」

「姉さんが前に出て戦う方が嫌だよ」

そこはお互いに平行線になるのがわかっていたから、これまで触れなかった。

姉を黙らせるためにも、さっさと棍術スキルを取ったのだ。

肉体スキルのおかげで、オークとも互角以上に打ち合える。現状で巧が前に出て戦うのが最善だと春名だって頭ではわかっていることだろう。

それでも心では納得できないのか、春名はぷーっと頬を膨らませる。

「巧ちゃんが取るスキルはお姉ちゃんが選ぶべきだったよね。付与魔法とか、召喚魔法とか、便利そうな奴はいっぱいあったのに。伝えそびれちゃった」

「え？　そのへん、いまいちじゃない？」

「そんなことないよ！　付与魔法も召喚魔法もすっごく便利なんだよ、巧ちゃん！」

春名は前のめりになり、各スキルの有用性について力説し始めた。

巧にはまったくなかった視点で、彼女がした質問とそれに対する返答はいろいろと考えさせられるものだった。

春名は、各スキルの特徴について雄弁に語る。

心なしか、いつもよりずっと楽しそうだった。親に隠れてやっていたというゲームが、実はかなり彼女の好みに合っていたのかもしれない。これまで巧と会っているときは、あまりそういう話はしなかった。それが少し寂しい。

同時に、嬉しそうな彼女の姿を見ていると、その声を聞いていると、ただそれだけで巧も嬉しくなる。

それはそれとして。

巧は己の各スキルについての理解がいかに浅かったか、そのことをよく認識させられた。

たぶん春名の言葉を聞いても完全に理解できていない気がするが、とにかくフラッシュ・ライトで視力を奪うのが強いとか、偵察スキルで逃げまわるのが強いとか、そういうことしか考えていなかった己の浅慮《せんりょ》を恥じた。

やっぱり、姉さんはすごい。巧は改めてそう感じた。

「姉さんは何で火魔法と偵察を選んだの」

「巧ちゃんが説明してくれたからだよ。火魔法と偵察なら、お姉ちゃんも初見で上手くやれるってイメージが湧いたから。イチかバチか、よくわからないものに賭けるより、巧ちゃんがきちんと成功させたものに賭けた方がいいって考えたの」

なるほど、納得だった。加えて巧は、姉が自分の言葉に強い信頼を置いてくれていたことに感動した。

白い天井を見上げて涙する。

我が人生の全てはいまこの瞬間のためにあったのだ。

「巧ちゃん？　おーい、巧ちゃーん？　もどってこーい」

目の前でぱたぱた手を振る春名。巧は、はっと我に返った。

「よし、正気に戻ったね。偉い、偉い。それでね、巧ちゃん。いちおう、いまのうちにいっておこうと思うんだ。次のこと」

「次？」

「今回、失敗した場合。巧ちゃんには次がある。だから、次のお姉ちゃんに伝えて欲しいことをいまからお話しします」

次の、姉。

その意味を理解して、巧はつかの間、呼吸を止めた。

背筋に冷たいものが走る。

まっすぐに春名を見つめた。

彼の姉は、これまでになく真剣な表情をしていた。

「こんな話、したくないよね。わかるよ。でも巧ちゃん、これはしなきゃ駄目な話。巧ちゃんはすでに何度も失敗している。巧ちゃんがおばかさんとか、戦い方がなってないとか、そういう話じゃなくて。たぶん、この状況でお姉ちゃんたちが生き延びるのが困難で、それはとても大変なことで、とっても難しいっていうことだと思うんだ」

「それは……」

「いいの。お姉ちゃんは、もう覚悟を決めたから。巧ちゃんのために戦うって決めた。それは、こういうこと」

巧は先ほどまでの彼女の行動と言葉の意味を、本当の意味で理解した。

彼女は大胆に動いて、てきぱきと巧に指示を下した。これまで巧がやらなかった行動をした結果、巧の視野は大きく広がった。

警官の死体からも、巧が回収した拳銃以外に、腕時計とトランシーバーを手に入れた。

強い成功の確信を持って動いているのだと思っていた。

そうではなかった。

あるいは一部の行動においては、確信は持っていたが、それは必ず成功するというものではなかったのだろう。一部の行動においては、ただ試行してみるためだけに行ったのかもしれない。

つまり、彼女にとっては、それで失敗してもよかったのだ。

春名にとっては、己が死んだとしても、それは巧が新しい知見を得て次の周回をやり直せるということなのだから。

「巧ちゃん。次の周回のお姉ちゃんにも、隠さずに全部伝えてね。そうすれば、次のお姉ちゃんはきっと、もっと上手くやれるはずだから」

「そんな……そんなのって」

「もちろん、お姉ちゃんも死ぬつもりはないよ。巧ちゃんといっしょに何とかしてみせるって、そう信じている。だけど、それと保険にかけることとは別。保険って、そういうものでしょう？」

そう言って春名は、手短に、これまで彼女が得た知見を語った。次の自分に言えばわかる、という。巧は一言一句、彼女の言葉を記憶に刻んだ。

「それじゃ、保険はここまで。次は、ここからの方針だね」

「もっとオークを倒してレベルを上げる、じゃ駄目かな」

「もうすぐ夜になるからね……」

そうだった。既に時刻は間もなく夕暮れ時。夜になれば、いままで通りに戦うのも難しくなるだろう。

「安全に休める場所を探さないといけない、とお姉ちゃんは思う」

「そんな場所があるのかな。育芸館《いくげいかん》とか？」

育芸館は中等部と高等部の間にある、多目的施設だ。

しっかりしたつくりで、地下には災害等に備えた非常用物資の備蓄もあるという。避難の場所としては最適に思えた。

　しかし春名は首を横に振る。

「あそこまでの道はよく整備されているし、標識もあるから。オークが標識の文字を読めるとは思えないけど……」

「どういうこと？」

「標識の矢印の意味は、きっとオークにもわかっちゃう。だからオークも、あそこを探し出しやすいと思うんだ。でね。あんな館を見つけたら、きっと集団で襲うんじゃないかなあ」

　それは、そうかもしれない。

「でも、そうなると……。道が繋がっている場所は、全部危ない？」

「そう考えるのが妥当じゃないかな。道路に大きな犬が飛び出てきたって言ったよね。きっと道って、分かりやすくヒトが通るところだから、マークされているんだと思う。もちろん、そうじゃない可能性はあるよ。ひとつひとつ、調べてみるのも手のひとつ。巧ちゃんがそうして欲しいなら、お姉ちゃんはその判断に従おうと思う」

「それって……いい」

「うん。このわたしの生存を考えないで捨て回にする、ってこと」

　捨て回。聞きなれない言葉だが、意味はわかる。この春名を見捨てて、情報を集めることに専念するという意味だろう。

「そんなの、駄目だ。姉さん、そんなこと、二度といわないでくれ」

「そうだね。わかった、じゃあそれはナシ」

強い言葉で否定すると、春名は笑ってうなずいてくれた。巧は安堵の息を吐く。

「そうなると、可能性の高いところを当たるのがいいかな。この山、山小屋はいくつかあるんだよ。そのうちのいくつかは普段使われない道でしか行けないところ。知らないと、そこに道があることもわからないようなところ。そういうところだったら、大丈夫かもしれない。何日もは無理かもしれないけど、一晩だけなら」

「そんな山小屋のこと、姉さんはどうして知っているの？」

「お姉ちゃんにも、悪い友達はいるのです」

唇に人差し指を当てて、悪戯っぽく笑う春名。その友達について詳しく知りたいと思ったが、巧は賢明にも口に出さなかった。

「それはそれとして、ギリギリまでオークを狩るのは賛成。でもレベル3になるのは、ちょっと大変かな」

「オークを……6体、か」

これも質疑応答で判明していることだが、レベル2からレベル3になるために必要な経験値はひとりあたりオーク3体分だ。ふたりだから6体倒せばいいことになる。

「棍術と火魔法がランク2になって、どれくらい強くなれるか、次第だよね」

「火魔法のランク2には、フレイム・アローって攻撃魔法があるからね。これでオークを倒せるならだいぶ楽になるかも。でも、乱戦になると少し難しいかな。巧ちゃんと戦っている相手に撃ち込むのは、フレンドリーファイアが怖すぎるよ」

「フレンド……何？」

「味方に当てちゃうこと。つまり、巧ちゃんに」

それは怖い。

いや、春名からの攻撃ならご褒美かもしれない？　巧は首をかしげた。

「巧ちゃん、へんなこと考えてる？」

「考えてないよ、姉さん。続けて」

「それでね。いちおう、同じランク2にレジスト・ファイアっていう魔法もあって、火の攻撃に対して抵抗を得るんだって。つまり、フレイム・アローが間違って当たっちゃっても、巧ちゃんにこれがかかっていれば大丈夫……かも、しれない」

「かも、かぁ……」

治療魔法を取得しているならともかく、そうではない状態で実験をするのはさすがにリスクが大きい。

巧だって、むやみに痛い思いをしたいわけではない。

いやもちろん春名に殴られるならそれはそれで受け入れるのだが、結果として負傷し、春名を守れなくなるのは本末転倒というものであるから我慢しよう、という次第である。極めて理性的に、巧は一瞬でそこまで考えた。

「うん、お姉ちゃんもね、巧ちゃんで試すのは反対なのです。質疑応答で分かったんだけど、抵抗、というのは無効化、じゃないから。巧ちゃんを傷つけるなんて、お姉ちゃんにはとうていできません」

だから、と春名は言う。

「実験をするなら、適当なオークを捕まえて、逃げられないようにしたうえで……実験材料にしよう」

「完璧な案だよ、姉さん。倫理的にはちょっと駄目かもしれないけど、姉さんのために死ねるならオークも本望だと思う」

えっへんと胸を張る春名。褒めたたえる巧。

仲良し姉弟だ。

「それじゃ、ひとまず行動の指針はそんなところかな」

「ああ。あとは、くだんの山小屋まで、どれだけの時間の余裕を持って移動するかだけど……」

「道そのものはわかりにくいけど、距離はここからだと20分くらいかな。だから、なるべくギリギリまで戦おう」

打ち合わせが終わった。

それから巧と春名は、いろいろ他愛もない話をした。

お互いの学園でのこと、友人のこと、最近、互いのまわりであったこと。

どれも些細なことで、しかし大切な日常の記憶であった。おそらくはこれから永遠に失われてしまったものでもあった。

いまから校舎の方に行けば、こぼれてしまうそれらのいくつかの雫を掌で掬うことができるかもしれない。

互いの友人を、少しでも助けられるかもしれない。

だが、それはどちらも言い出さなかった。

互いが互いさえ守れればいいと、そうかたく信じていた。

だからふたりは、最小で最強のチームだった。他のすべてを切り捨てられる強さこそが大切なのだと確信していた。

会話をするほどに、絆が深まっていく。だからふたりは、過去のすべてを切り捨てるためにも、それらを愛しげに撫でるように、話題に出した。

そして、ふたりは白い部屋を出る。

互いの絆の絶対的な強さだけを武器にして。

巧　：レベル2　棍術1↓2／肉体1　スキルポイント2↓0
春名：レベル2　火魔法1↓2／偵察1　スキルポイント2↓0

‡‡‡

もとの場所に戻った巧は、まず春名に釘打ち機を渡した。棍術スキルでは釘打ち機が使えない。ならば春名が持っておくべきだと考えたのだ。

拳銃も渡そうとしたが、これには首を横に振られた。

「飛び道具は持っておいた方がいいよ、巧ちゃん。わたしにはフレイム・アローがあるから」

それもそうだ、と思い直す。やはり姉は賢い。他にも、一個しか手持ちがない催涙手榴弾は春名に持っておいて貰う。

それから、本格的な行動を開始した。

春名が偵察スキルで、だいたいの敵の位置を探る。レベルの上がったいまの彼らなら、孤立したオークを狙う必要はない。故に探索は最小限で済んだ。

「女の子を襲っているオークがいるよ。えっとね、女の子の声はしないの。でもオークたちはずっと興奮している。3体いるけど、これはきっとチャンスだよ」

「姉さんが言うなら、やろう」

　互いにうなずき合い、足音を殺して近づく。

　茂みからオークたちの様子を観察した。

　森の中、木陰で倒れた女にまたがり、1体のオークが腰を振っていた。残りの2体は、その周囲で興奮気味に何か叫んでいる。

　女の白い手足はちからなく揺れている。名前は忘れたが、高等部の教師のひとりだ、と巧は気づいた。だがあの様子では、はたして生きているかどうか。

「巧ちゃん」

「ああ」

　チャンスだ。互いにうなずき合い、巧が茂みから飛び出す。直後、春名がフレイム・アローを放った。

　フレイム・アローはランクの数だけ炎に包まれた矢を生み出し、撃ち出す魔法だ。コントロールは術者の側がやるから、命中するかどうかも術者の技量次第である。

　春名は念のためなのだろう、2本の矢を同じオークに撃ち出した。

　1本の矢は外れて近くの木に突き刺さったが、もう1本はオークの腹に命中し、その身体が紅蓮《ぐれん》の炎に包まれる。

　オークは悲鳴をあげてよろめき、地面に倒れた。その全身がたちまち炎に包まれ、断末魔《だんまつま》の声をあげて絶命する。

思った以上の威力だった。巧は、たとえレジストつきであっても己の身で試さなくてよかった、と安堵する。

そうこうするうち、巧はもう1体の立っているオークとの距離を詰めている。

オークは未だ戸惑《とまど》い、武器である錆びた剣を構えることもなく立ちすくんでいた。

これならスタンガンは必要ないと判断した巧は、踏み込んだ勢いを乗せて棍棒を横薙ぎに払い、オークの脇腹を痛打した。

相手はカエルが潰れたような声をあげて吹き飛ばされ、地面を二度、三度とバウンドして近くの木の幹に叩きつけられると、そのまま動かなくなった。

残るは、1体。

女にまたがり腰を振っていたその個体は、ここに至りようやく敵が襲ってきたことに気づき、慌てた様子で立ち上がろうとする。

「フレイム・アロー」

そこに、春名の放った炎の矢が着弾した。オークの全身が燃え上がり、火だるまとなって苦悶しながら倒れ臥す。

火は近くの倒れた女にも延焼した。ぐったりして動かない裸身の教師はオークと同じく火だるまとなるが、身動きひとつしない。

よくみれば、首があらぬ方向に曲がっていた。もともと死んでいたのだ。

オーク3体はそのまま消え去り、3個の赤い宝石だけが残った。木の幹に刺さった矢は、最近降った雨のおかげかさして燃え広がることなく、たちまち消火される。

女だけが、そのまま燃え続けるのだった。

「高峰《たかみね》先生だよ。二年生の時、英語の授業をしていただいた。真面目で、面倒見のいい先生だったんだ」

「校舎の方からここまで逃げてきたのかな」

「だと、思う。責任感の強い方だったから……ひょっとしたら、いっしょに逃げてきた生徒がいるかも」

春名は目をつぶった。周囲の音に耳を澄ましているようだった。ほどなくして瞼を持ち上げ、首を左右に振る。

「このあたりには、誰もいない。オークの声は聞こえる。こっちに近づいて来てる。煙が立ち上っているから、それを目印にされたのかも」

「すぐこの場を離れよう」

下手をすると、囲まれる。

自分たちがだいぶ強くなったことは確認できた。とはいっても巧たちは、たったふたりだ。真正面から何体もの敵を相手にするのは難しいだろう。

春名の指示で方角を決め、茂みに分け入れる。

少しして、オークたちの騒がしい声が巧にも聞こえてきた。足音を殺すことを意識して、距離を取る。

「3体、倒したから。あと3体だね」

レベル3までの道のりのことだ。巧はうなずいた。この調子で、空が赤く染まる前に何とかしたい。

生憎と、しかしそこからが難しかった。

近くのオークが、煙の立ち上ったその一ヶ所に集まってしまった、というのである。10体以上いるという。さすがに、そんなところに突撃するのは無謀もいいところだ。

「お姉ちゃん、間違えちゃったかもね。火魔法は、この森の中ではちょっと目立つみたい。夜になったら、光はいまよりもっと目立つ」

「そのかわり、火魔法には明かりをつける魔法もあるだろ。確か、イグニッションっていう……」

「それは、発火の魔法だよ。ライターとかチャッカマンとかで代用できる。いまはお姉ちゃんも巧ちゃんも、そういうものは持ってないけど。あ、でも。ランク2に、ゴースト・ランタンっていう宙に浮く火を出す魔法はあるから、それなら懐中電灯の代わりになるわ」

「どっちみち、どこかで懐中電灯を見つけた方が便利そうだ」

「うん。それに、明かりをつけたら、やっぱり相手からも丸見えになっちゃう」

そこが、問題だ。

かといって森の中で明かりもなしに歩けるはずもない。きっと自衛隊のレンジャー部隊にいる人だって、暗視ゴーグルなしじゃ無理だろう。

オークはどうなのだろうか、と巧は考える。

確か、一部の動物は夜でも目が見えるわけだけれども。あの化け物が馬鹿力以外にどういう能力を持っているのか、いまひとつよくわかっていない。

確かめたくない、ともいう。

「とりあえず、あっち。孤立してる個体がいる」

春名の指示で向かった先では、1体のオークが少女の死体を相手に腰を振っていた。

なるほど、こいつが煙に引き寄せられなかった理由もわかる。さくさくと奇襲で倒し、これであと2体。

すぐに離脱し、別の標的を探す。

だがそこで、タイムオーバーだった。

空が茜色に染まり出す。間もなく日暮れだ。

夜が来る。巧たちにとって著しく不利な闇夜がやって来る。

「仕方がないね。巧ちゃん、山小屋を目指そう」

春名の顔を見る。いささか疲れた様子で、しかしその目だけは爛々と輝いていた。気力を振り絞っているのがわかる。

おそらく、ずっと偵察スキルで周囲を確認し続けているのは相当に疲労することなのだろう。

だが、それをやめろと言うわけにはいかない。

少し休もう、と提案することもできない。

早く、山小屋へ。

そこの安全を確認して、ようやく腰を下ろす自由が得られるのだ。そう考えると、もっと早く移動を開始するべきだったかもしれない。

上り坂を少し歩くと、密集した木々と周囲の下生えで隠れた小道があった。春名が指摘しなければ通り過ぎていたに違いない、わかりにくい道だ。

学園としても、生徒にこんなところを発見されたくはないのだろうから、あえて標識も何も立てていないのだろうか。

いずれにしても、ここであれば誰かが通ったという可能性もないだろう。

索敵を担う春名を先頭にして、小道に入る。

曲がりくねりながら山の八合目付近の山小屋まで続いているというその道は、石畳が苔むしていて、非常に歩きにくかった。少し油断すれば滑って転びそうになる。春名は、と見れば、こちらは腰を低くして慎重に歩を進めているおかげか、バランスが安定していた。

巧も彼女の真似《まね》をして、ゆっくりと歩くことにする。

途中、彼女は何度も立ち止まり、耳を澄ませた。

周囲の道なき道をオークが通り過ぎていくという。しかしこの道のそばまではやって来ないのだと。

「本当に、わかりにくい道なんだなあ……」

「でも、大きな音を立てたらすぐ寄ってくると思うから、気をつけてね」

もちろんだ、と巧はうなずく。春名をみすみす危険に晒《さら》すような真似、できるはずもない。

たとえ坂道を転げ落ちるとしても、黙って死んでみせようと覚悟を決めていた。

「だからって、命の危険があったら素直にお姉ちゃんを呼ぶように」

「何で、ぼくの考えていることがわかるの？」

「お姉ちゃんですから！」

えっへんと胸を張る姉。かわいいなあ、と巧はその表情に見とれた。


とはいえ、である。

巧も春名も、普段は山歩きなどしない人間だ。加えて、先ほどまであちこち動きまわり、限界まで疲労していた。おのずと、動きも荒くなる。ミスも出る。

巧が無造作に蹴ってしまった小石が、思った以上に飛んで近くの岩にぶつかり、大きな音を立てた。

「ごめん、姉さんっ」

「謝らなくていいから、こっち！」

春名は、巧の手を引いて道を外れる。

直後、オークの巨体が茂みを割って現れた。槍を振りかぶり、春名に対して投擲《とうてき》する。

虚をつかれ、春名は身をひねるも、その穂先が膝をかすめた。血しぶきが舞い、少女が悲鳴をあげて倒れ臥す。姉弟の手が離れた。

「姉さんっ」

巧は頭に血が上る感覚を覚えた。向きを変え、棍棒を握ってオークに突進する。

「こい、つっ！」

棍棒の一撃は、オークの顔面をひしゃげさせ、その身体を近くの木の幹に衝突させた。太い木がみしりと音を立て、オークの身体がぶつかった一点で折れ、倒れていく。

倒木の大きな音が森に響く。

巧は息を荒らげ、消えていくオークを見下ろしながら己の失態を悟った。ただでさえ肉体スキルによって強化された巧の一撃は、少々どころではなくやりすぎてしまったのである。

「姉さん、姉さん！」

巧は姉のところに戻った。

「行こう、姉さん。安全なところに」

よろめきながら立ち上がろうとする彼女に左肩を貸し、引きずるように歩き出す。一刻も早く、この場から距離を取る。かくなる上は、それしかない。

しかしそんなふたりの目の前に、物音を聞きつけたオークが姿を現す。手にした斧を振りかぶり、巧の脳天をカチ割ろうとする。

巧は右手に持ち替えたスタンガンをオークの腹に突き出し、スイッチを入れた。

オークは痙攣《けいれん》し、その場に倒れ臥す。そこでスタンガンのバッテリーが切れた。巧はスタンガンを捨てて、両手で棍棒を握る。

茂みの草が押しつぶされ、思ったよりも大きな音が出た。

その音を聞きつけ、更にオークが集まってくる。逃げようにも、春名は左脚を押さえて苦痛を堪《こら》えている状態だった。

「巧ちゃん、お願いを聞いて。お姉ちゃんを置いて、早く逃げて」

「そんなことできるか！」

「……だよね」

春名は苦笑いすると、釘打ち機を手にした。

「へ？　姉さん？」

虚を衝《つ》かれた巧が止める間もなく、少女は己の喉に釘打ち機を当てると、ためらいなく引き金を引く。春名の口から飛び出た大量の血を、巧は正面から浴びた。

呆然とする巧に、春名は声にならない声で「走って」と告げ、催涙手榴弾を彼の手に握らせた。

彼女の行為は、次の自分に望みを繋ぐためのものだ。必要なものが何か、巧はもうわかっていた。

姉が地面にくずおれる様から目を背け、巧は駆け出した。

「次の、ために」

情報だ。次に繋がる情報を集めなければならない。それが、彼女より少しだけ長く生き残った自分が為すべきことである。

迫りくるオークを肉体スキルによる膂力《りょりょく》と棍棒のちからで退け、催涙手榴弾を投げて分断し、拳銃の音で牽制しながら、巧は前進する。

日暮れの少し前、周囲が薄暗くなってまわりの様子が見えなくなるほんの少し前になり、ようやく山小屋の姿が見えた。

背に迫る多くの化け物たち。とうてい逃げきれないだろう。

それでも、巧は山小屋の扉の前に立つ。

その扉が乱暴に開かれた。中から出てきたのは、青銅色の肌の、ひときわ大柄なオークだった。

そういえば別の山小屋でも、こんな個体がいたなと思い出す。他のオークより上位の個体なのか、そのオークは確かやたらと怪力で……。

オークは不快そうに顔をしかめると、巧の頭を握ってその身体を持ち上げた。

巧は両手でその太い腕を掴み引きはがそうとするが、ちっとも剥がれない。向こうの方がはるかに力持ちなのだ。

巧の頭蓋骨の骨がきしむ。青銅色の肌のオークはにやりとして、その手にちからを込めた。筋肉が膨張する様子と共に、巧の頭蓋骨が破裂する。

そこで、意識が途切れた。

‡‡‡

何がまずかったのか。巧は考える。

地震からずっと動きっぱなしで、著しい疲労があった。たどり着くはずだった山小屋は既にオークの巣であった。

根本的に、あそこに向かったのがミスだった。

6周目となる今回、元の時間に戻ってきた巧は、すぐさま「これから地震が来る」と目の前の春名に告げた。

「ぼくの話を聞いてくれ、姉さん」

「わかった。巧ちゃんを信じるよ」

直後、地面が揺れた。

地震の後、あらかじめ考えてあった順番で過去の周回の話をする。春名は、またもその全てを事実と受け入れてくれた。

「そっか。前のわたしは、このわたしに巧ちゃんのことを託したんだね」

ならば、と春名はうなずいてみせる。

「ここからは、お姉ちゃんに任せて」

巧からスタンガンと釘打ち機を受けとると、茂みに向かって歩き出す。

彼女は手際よくオークを始末し、自分がレベル1になった後、巧がレベル1になるのも手助けした。

前の周回と違い、春名が手に入れたのは偵察スキルと槍術スキルだった。

「巧ちゃんは、棍術と治療魔法を取って」

そう指示された通りに巧は棍術スキルと治療魔法スキルを取得し、ふたりでパーティを結成する。

詳しい問答はしなかった。いまは時間が惜しい。

春名が偵察スキルで索敵してオークが2体でいるところを襲撃した。

春名の槍術スキルにより釘打ち機の取りまわしが最適化され、巧は棍術スキルでスタンガンを扱った。この連係により、2体を手際よく始末する。

途中で警官の死体から拳銃を回収しながら、それを二度、繰り返した。

今回の巧に肉体スキルはなかったが、過去の周回である程度、戦い方を覚えていた。そのおかげもあって、思った以上に身体はよく動く。

今回は春名も前に立ち、釘打ち機以外にオークから奪った槍で手助けをしてくれたことも大きい。

何より、治療魔法があるなら多少の怪我は許容できる、と割り切ることができたことが、ふたりの動きを大胆にさせた。

ふたり同時にレベル2になり、白い部屋に赴く。

そこでようやく、ふたつの椅子と向かい合わせにして座り、話し合いができるようになった。

「正直、これが正解かどうか、お姉ちゃんはわからない。正解なんてないのかもしれない。でも、今回は少なくとも、こうするべきかなって思った。いろいろ考えたんだけどね。これ以上は、巧ちゃんから、もっと詳しい話を聞かないといけない」

もちろん、と巧は先ほどは省略した細かいことまで含め、過去の周回のことを語ってみせた。

周回のたびに起こる、彼女の最期も含めて。

春名は表情を変えず、時々相槌を打ちながらその言葉を聞いていた。彼女が何を考えているのか、そればかりは巧もわからなかった。

「難しいね」

全てを聞き終わった後、春名はひとことそう呟いて、黙ってしまった。

巧は彼女が目をつぶり、思索にふけるのを黙って見守った。こういうとき、彼女が満足するまで考えて貰うのがいちばんであると知っていたからだ。

30分ばかり、ふたりは沈黙していた。巧としては、その間、綺麗な姉の顔をずっと見つめていられたから特に問題はなかった。

やがて少女は瞼を持ち上げる。

「やっぱり、情報が足りないかな。うん、情報だよ、巧ちゃん」

「姉さん?」

「もうちょっと積極的に動かないと駄目かもしれないってこと」

春名の言葉の意味がよくわからず、巧は首をかしげてみせた。春名が「ごめんね、曖昧なことを言って」と笑う。

「校舎の方に行こう、ってこと。ううん、育芸館の方でもいいかもしれない。中等部の様子も気になるよね」

「でも、前の姉さんが、そっちはきっと危ないって……」

「うん、だからこそ確かめないと。前のわたしは、きっと巧ちゃんを守りたかったんだ。わたしのことだから、わたしがいちばんよく知っている。どうしてそう考えて、そう言ったのか、いまならよくわかる。でもその方針じゃ駄目だった。なら考え方を変えていかないと」

一足飛びの結論に見えて、巧は目を白黒させた。

何が彼女の選択を導き出したのか、まだよくわからない。

「だから、情報。これじゃ駄目だ、というのも情報のひとつ。駄目なことをたくさん積み重ねることで、より情報の精度が高まることになる。でも消極的に動いていたら、情報は集まらない。前のわたしは、消極的な方を選んだ。巧ちゃんはその理由を知らなくていいって、その時のわたしは考えた。その方が、より巧ちゃんが辛くないから、って、そう思った」

「辛くない、から？」

「だって、お姉ちゃんが死んだら、巧ちゃんはすごく辛いから。情報が集まるということは、それが積み重なるということと同じだから」

ここに至り、巧にもようやく、彼女の言葉の意味がわかった。

彼女は、最初から、今回の己の死を計算に入れて話をしている。

捨て回、という言葉が脳裏をよぎった。前の春名の言葉だ。

「駄目だよ、姉さん。そんな、自暴自棄《じぼうじき》なこと！」

「そうじゃないよ、巧ちゃん。全然、自暴自棄じゃない。だって、巧ちゃんが次のわたしに情報を渡せる。ならこれは無駄じゃない」

そうではないのだ、と叫びたかった。

だが、春名の澄み切った目に見つめられ、巧は喉元まで出かかっていたその言葉を出すことができなかった。

「前のわたしは、きっとそんなことしなくても何とかなると考えていた。それじゃ駄目だった。巧ちゃん。持っている手札は全て使おう。出し惜しみして勝てる局面じゃないってこと、巧ちゃんはもうわかっているよね？」

そう諭され、巧は反論できなかった。押し黙ってしまう。


巧は椅子に座ったままうつむき、床を見つめる。

そんな彼の頭を、春名が優しく撫でた。

「別に、リスクを取ることは悪いことじゃないんだよ。お姉ちゃんだって死ぬつもりはないし、集めた情報はすぐに役に立つ。次のわたしに、っていうのはあくまで保険の話。それでも、ここでリスクを取ることで得られるリターンの方が大きいの。だから巧ちゃん、お姉ちゃんを手伝って？」

「ずるいよ、そんな言い方」

「お姉ちゃんですから！」

見上げれば、姉はえっへんと胸を張って、不敵な笑みを見せていた。

不安があったとしても、それを欠片も感じさせない、ちから強い表情だった。

「前回は、この森をあちこち歩きまわって疲れたよね。今回は、ひとまずそれはナシ。治療魔法があるから、ある程度は怪我を前提に戦える」

「でも、姉さん。怪我をしたら……痛いよ？」

前回、脚を負傷した春名の痛ましい姿を思い出す。自分が苦しむなら、まだいい。だが姉を苦しめるようなことは想像するだけで嫌だった。

「死ぬよりはマシだってお姉ちゃん思うなあ」

「それは、そうだね」

「まずは育芸館の方に行ってみようと思うんだ。中等部と繋がる橋を通ればそんなに時間はかからない。あっち側には中等部の子もいるかもしれないから、その子たちから話を聞ければ、効率よく情報が集まるわ」

巧はうなずいた。それだけ聞けば、いいことずくめのように思える。

問題は、育芸館が安全ではなかった場合だ。

「あっちの方にオークが何体も集まっているようなら、潔く撤退する。その場合は、次に高等部の校舎と寮、それから部活棟あたりをまわって、安全そうな場所がないか探す。理想は、誰かがわたしたちみたいにレベルアップして、戦っていることだね。合流するかどうかは相手の様子を見てから」

「そう、だね。信用できそうかどうか次第だ」

　巧は学園の黒い噂を持つ者たち数人の顔を思い浮かべる。

　絶対にわかりあえない、と思えるような相手はそこそこいるのだ。春名もそうだろう。だからこそ、こういう言い方になった。

「あともうひとつ、気になることがあるわ。前回、巧ちゃんが殺された相手。青銅色の肌の奴」

「ああ、そういえば……。あいつは、他のオークより強いと思う。たぶん、黒い犬よりは弱いと思うけど……そうだ、ぼくはあいつと一度、戦っている。前々回だ」

　絶望的な状況で、苦痛にまみれた死を迎える自分。

　組み伏せられている春名を助けることもできず不甲斐なく死んでしまった時の慚愧《ざんき》の念《ねん》を思い起こし、巧はその身を震わせた。

　次の瞬間、ふんわりと温かいものに包まれる。巧は春名に抱きしめられていた。

「ごめんね、嫌なことを思い出させちゃって。巧ちゃんを傷つけたいわけじゃないの。でも、きっと巧ちゃんの持っている情報は、とても重要なものだから」

「うん、話すよ。ぼくが知っていることを、全て。でも、正直、2回ともすぐ殺されちゃったから、あまり話せることもないんだけど……」

　実際のところ、どちらのときも巧の身体はぼろぼろで、ろくに戦う体勢にもなっていなかった。

だがそのことを差し引いても、あの青銅色の肌のオークは馬鹿力の持ち主だったと思うし、その身のこなしも他のオークより優れていたように思う。

前の前の時は、青銅色の肌の奴のまわりに赤褐色の肌の普通のオークもいた。普通のオークは、青銅色の肌のオークに従属しているように見えた。

そういったことを語ってみせる。

「略して青肌は、じゃあリーダーなのかもしれないね。普通のオークは区別のために赤肌と呼びましょうか。もしかしたら、他のタイプのオークもいるのかもしれない」

「校舎の方にも、別種がいるのかな」

「うん、もっと上の奴がいる可能性もあるし、そのあたりはいくら考えても仕方がないかな。見つけたら、そのとき呼び名をつけましょう。でも、オークがどいつも同じというわけじゃない、というのがわかっただけでも、大きな収穫」

本当にその通りだ、と巧は思う。

姉に指摘されるまで、巧は自分が得ていたはずの情報、過去の経験を活かす術も知らなかった。やはり春名は凄い、と思う。

姉さんは最強なんだ。

「とりあえず、そんなところかな。日が暮れる前に、育芸館と高等部の各建物の情報を集めて、どこか安全な場所を探す。もし安全な場所がなかったら……その時に考えましょう。たぶん、その頃には一度、レベルアップを挟んでいるはずだから」

「できるだけ積極的に、敵の数が少ないなら仕掛けていく、ってことだよね？」

「うん。棍術スキルを2にしたら、巧ちゃんは倍のオークが相手でも戦えたわけだから……。これから先もレベルを上げていくのは、とても重要なことだと思うわ」

確かに、そうだ。巧はすでに棍術スキルを上昇させるメリットをよく知っている。きっと槍術スキルでも同じだろう。

よって、今回上げるスキルははっきりしていた。

巧が棍術スキル、春名が槍術スキルだ。

双方のスキルを1から2に上げて、ふたりは白い部屋を出た。

巧　：レベル2　棍術1↓2／治療魔法1　スキルポイント2↓0
春名：レベル2　槍術1↓2／偵察1　スキルポイント2↓0

育芸館は中等部と高等部の間にある施設だ。

高等部から向かう道はふたつで、ひとつは中等部へ繋がる橋を渡っていく近い道、もうひとつは一度山を少し下りて大まわりする遠い道である。

巧と春名は襲撃を警戒しながら近い道を辿り、そして橋の手前で立ち止まる。

「橋が、壊れてる……」

巧が思わず呟いた通り、中等部へと繋がる橋は完全に崩落していた。おそらくは地震のときだ。こちら側のルートは、最初から使えなかったということである。

「情報は大切だな……」

「本当にね。巧ちゃん、どうしようか。遠まわりしてでも、育芸館に行ってみる？」

「30分くらいかかるよね。校舎の方へ引き返そう」

こうなると、もう一本の道も使えるかどうか怪しい。

崖崩れなどで道が塞がれている可能性もあるのだ。ならば、確実にたどり着くことができると判明している高等部校舎の方へ戻るべきだろう。

寮も部活棟も、本校舎から歩いて5分以内である。

巧は、ふと空を見上げた。

育芸館の方角で、カラスが空を舞っていた。

巧たちは、本校舎付近から橋が倒壊し地点を往復する間に、なるべくオークの間引きを行った。

とはいえ、本校舎に近づくにつれオークはグループを組んで行動するようになる。迂闊に攻撃を仕掛けることは躊躇われた。

結局、3回の戦闘で5体を倒しただけに終わる。

本校舎のそばにて。

ふたりは茂みに隠れて、周囲を観察した。

四階建ての本校舎は無残なありさまで、窓ガラスは全て割れ、地震からだいぶ時間が経ったからか、その周囲には生きている生徒の気配がない。校舎の前の校庭には無残に殺された男女の死体が積み重なっている。

オークが3体、あるいは4体でひとつの塊となって校舎の周囲を我が物顔で徘徊《はいかい》していた。どこかの部隊に攻撃を仕掛ければ、すぐ他の部隊が気づいて応援に駆けつけるだろう。

ここで戦うなら、圧倒的な戦力か、あるいは風魔法のランク2、周囲の音を消すサイレント・フィールドのような小技が必要である。

「ここは駄目だね」

春名の言葉に、巧もうなずいた。

地震から既に2時間が経過している。あまり期待はしていなかったが、やはり化け物の奇襲によって学園は壊滅的な被害を受けていた。生き残りも、この様子では果たしてどれだけいるだろうか。

とにもかくにも、まずはそれを確認する必要がある。

巧と春名は足音を殺してその場を離れた。

次は、本校舎からほど近い第二男子寮を目指す。ここを目標にした理由は、巧の部屋があるからだ。あわよくば、バッテリーや工具などを回収したい。ついでに着替えも。そういった魂胆である。

だが第二男子寮は、地震によって建物そのものが倒壊し、ぺしゃんこになっていた。

「これじゃ、駄目だ」

巧は大きなため息をついた。

巧の部屋は三階にあったが、周囲にオークが徘徊しているこの状況で発掘作業など不可能である。バッテリーに工具、その他こんな状況でも役立つ諸々。寮の部屋に置いてあったものを回収するのは、ひとまず断念するべきだろう。

何よりも……。

「姉さんから貰った腕時計……」

たいして高くもないものだが、去年の誕生日に貰った、巧にとって大切なものだった。

大切にしすぎて普段はほとんど着用せず、寮の部屋でアクリルケースに入れて飾り、同室の者に呆れられたものである。

「今度、また買ってあげるから。元気出して、巧ちゃん！」

腕時計を買うなんてことが、この先できるのだろうか。

そうは思ったが、あえて口には出さなかった。春名の慰めを得て、巧は周囲に目を光らせる。もう少し先に行けば、第一男子寮、そして第三男子寮があるのだが……。

「他の男子寮は、ひとまず置いておこう」

「そうだね。次はお姉ちゃんの部屋がある第三女子寮を見に行こう。もし無事だったら、お姉ちゃんの着替えを貸してあげるね」

「そ、それはちょっと」

春名の私服は、すべて年頃の女の子らしさに溢れた可愛らしいものばかりだ。ご遠慮願いたい。

「大丈夫、大丈夫。巧ちゃんなら、きっと似合うから」

「似合うと困るんだけど？」

まったくもって、弟の心、姉知らずである。

小声でそんなことをしゃべりながら、またその場を離れる。

やはりこのあたりもオークたちが集団で行動しているため、こちらから仕掛けることは止しておく。

太陽の傾きから判断して、あと1時間足らずで日が落ちる。猶予は少ない。効率的に動く必要があった。

女子寮は本校舎を挟んで反対側にある。

男子寮と女子寮をなるべく離すという学園側の配慮だ。

そのおかげで、移動には苦労した。やむを得ず、一度だけオークと交戦し、瞬く間に3体を撃破してすぐにその場を離れる。

周囲のオークたちが騒がしくしていたから、きっと気づかれただろう。

だがおかげで、レベル3になることができた。

白い部屋で、ポイントを使うかどうかは迷った末、ふたりともひとまず温存しておくことにする。これは、次のレベル4になった時点で3ポイントをつぎ込み、棍術と槍術を共にランク3にするべきだ、と意見が一致したからだ。

武器スキルでランク1からランク2に上がっただけで、これだけオークを効率的に殲滅できている。

ならば3になれば、もう赤肌相手なら怖いもの知らずではないか、という判断であった。無論、更なる強さが予想される青肌、あるいは黒い犬との対決を見据えての判断でもある。

「ゲームでは、こういうスキルが上がったときの効果とかって、どうなの」

白い部屋で、そのあたりについて巧は春名の知識を仰いだ。春名は難しい顔になる。

「ゲームによって違いすぎるから……。でも、この上昇幅を考えると、きっとランク3はすごく強いよ。一刻も早くランク3を目指すのは正解じゃないかなあ」

この時点でレベル3になってから2体を撃破していることになる。

レベル４になるには、あと6体だ。

探索と並行して夜までに倒せそうな敵を探すのは、少し時間的に厳しい。とはいえ、やるだけの価値はあるだろう。

巧　：レベル3　棍術2／治療魔法1　スキルポイント2
春名：レベル3　槍術2／偵察1　スキルポイント2

‡‡‡

３つある女子寮の周囲では、悲惨な光景が待ち構えていた。

いちばん本校舎寄りの第三女子寮の付近で、裸に剥かれた少女たちがオークに群がられていた。

腰を振るオークたちを相手にしながら、もはや悲鳴を上げる元気もない彼女たちの虚ろな目を見て、春名が顔をそむける。

視界に入る限りで、そんなオークたちが合計１５体ほど。少女たちの数は、未だ息絶えていない者が１０人前後だろうか。そのまわりには、数倍の男女の死体がある。

「レベル４になれば、あの数を相手にできるかな」

「できるかもしれないわ。でも、あれだけの数を相手にしていたら、まわりに気づかれる可能性が高くなる。もしオークがばらばらに逃げ出したら、追いかけるのも難しいよ」

「そうだね。姉さんを守るのが、最優先だ」

「うん、巧ちゃんを守るのが、最優先だよ」

かくして、ふたりは少女たちを見捨てた。

オークは寮の中にもいる様子で、これでは春名の部屋へ赴くことも難しい。地獄のような状況に背を向け、他の女子寮を目指す。

第一女子寮もまた、オークによって陥落していた。

こちらでは激しく争った跡があり、焼け焦げたオークの死体がいくつか転がっている。どうやら、レベルアップして火魔法を手に入れた者がいたようだ。

その者が最期までこの場に踏みとどまり抵抗したのか、それともどこかへ撤退したのか、そこまでは現在の巧たちではわかりかねた。

「これ以上は無意味かな、姉さん」

「そうだね……。時間もないし、部活棟に行ってみましょう」

部活棟は、本校舎から少し離れ、数分、山を登った場所にある。

各運動部が居を構えている場所だから、抵抗の拠点として残っているならここがいちばん、可能性が高いと思われた。

はたして部活棟では、未だ無事な生徒たちが机と椅子でバリケードを築き、オークと激しく睨みあっていた。

‡‡‡

バリケードの内側で部活棟を守るのは、和弓や竹刀、野球のバットを構えた生徒と教師、合わせて20人ほどであった。

その背後、建物の中から顔を覗かせる生徒が複数名……。おそらくは内部にもっと人がいるに違いない。

対するオークの側は、赤肌ばかりが10体かそこらだ。

その一部が唸りながらバリケードに近づこうとすると野球のボールやら矢やらが飛んできて、そのたびに戸惑って下がる、といったことを繰り返している。

オークたちが本気で全員が突っ込めば、この程度の障害は乗り越えられるのだろうが、いまのところ勝手がわからず、戸惑っている様子であった。

「何人か、レベルアップしている人がいるわ」

少しの間の観察で、春名は鋭く、そのことを見抜いていた。

「たぶん、あっちの和弓を構えている女の子と、バットを握ってる男子。他にもふたりくらい。

合わせて4人かな」

「4人ともレベル1なら、オーク10体が相手じゃ心もとない戦力だね。姉さん、あそこで怒鳴ってる先生は？」

「剣道部顧問の石動《いするぎ》先生。熱心な指導とセクハラで有名なんだよね」

春名が氷のような表情になる。

巧は唇を噛んだ。初めて発見した、ヒトが生き残っている拠点だ。しかし彼らを率いている教師は、あまり好ましくない性格の持ち主に思えた。

とはいえ、間もなく日が暮れる。

長居はできないにせよ、この場所は、一夜の宿として極めて有望だ。

現時点で、無事な人々を保護する、という考えは巧にまったく存在しない。

誰よりも大切な春名のことだけを考えていた。

きっと相手も同じだろう、とも理解している。

故に、シンプルに、彼らを助けることでどれほど自分たちふたりが有利になるか、という点だけで計算している。そういった思慮のもと……。

「うん、助けよっか、巧ちゃん」

「姉さん？」

「情報。ここの人たちから話を聞いた方がいいと思うんだ」

　彼女が何を言いたいのか、巧にはわかった。

　もし今回の周回で失敗したとしても、そうして得た情報は巧が次に活かしてくれる。ならば積極的に、危険に飛び込むべき。先ほどの彼女の言葉の延長線上にある考えなのだ。

「それに、いくら石動先生が考えなしでも、こんな状況でセクハラとかするとは思えないんだよね」

　それはどうだろうか、と思う巧であったが、どのみちあと30分ほどで日が暮れるのだ、贅沢は言っていられない。

「それじゃ、行こうか。お姉ちゃんが斬り込むから、ついてきて」

「あ、ちょっと！」

　春名は槍を手に茂みから飛び出すと、オーク部隊の最後尾に攻撃を仕掛けた。

　背後はまったく警戒していなかったそのオークは、槍の鋭い刺突《しとつ》で背中から心臓を貫かれ、口から青い血を吐いて前のめりに倒れ臥す。

　それによって、他のオークたちは春名の存在に、そして彼女のすぐ後ろから肉薄してくる巧に気づいた。

　後列の3体が振り向いて、迎撃しようとする。

　だがその前に、巧のスタンガンが1体を気絶させ、もう1体は棍棒の一撃で吹き飛ばされた。

　トドメを刺す余裕はない。

巧は残る1体との距離を詰めながら、槍の穂先がオークの腹に埋まって取れなくなっている春名に「釘打ち機を！」と叫ぶ。

春名は巧の指示に従い、槍を捨てて釘打ち機を抜く。

その間、彼女を襲うオークの注意を巧が懸命に逸らす。剣を持つオークの刺突が巧の肩をかすめ、制服を破る。表皮一枚を削られて、巧は低く呻いた。

「巧ちゃん！」

「問題ない！　すぐ治療するから……」

「巧ちゃんを、いじめるなぁっ」

釘打ち機を手にした春名が、地面を蹴った。

爆発的な突進で、剣持ちオークとの距離を詰める。

その開いた口に釘打ち機の発射口を当て、引き金を引く。

勢いよく飛び出した釘がオークの喉を貫き、断末魔の声をあげて倒れ臥した。やはり槍術スキルによって、釘打ち機で効率的に急所を貫くことができるようになっている。

春名は改めて絶命したオークから槍を引き抜き、近づいてきた別の2体をその槍で薙ぎ払って牽制する。

「巧ちゃん。いまのうちに、治療を」

「あ、ああ。ヒール」

巧は己の傷ついた肩に手を当てて、治療魔法を行使する。

淡く白い光が生まれ、またたく間に痛みが消えた。治療魔法は初めて使ったが、たいした効き目である。

これなら存分に戦える、と勇気づけられた。

春名と肩を並べるべく、前に出る。

ところが、残るオークは連係してくる。

巧たちを手ごわい相手と認識したか、包囲しようと左右に散った。

スタンガンや棍棒で倒れたオークたちも起き上がってきて、迂闊には攻め込めなくなった。

残り8体。

しかし8体全てが組織的に攻撃してくれれば、巧たちではいささか荷が重い。

「先生！　石動先生！　手を貸してください！」

春名がバリケードの向こう側に対して叫ぶ。

だが部活棟に引きこもった者たちの動きは鈍かった。彼らは、すっかりオークに怯えてしまっている。無理もないのだが……。

巧も春名も、彼らがここで打って出て、挟み撃ちしてくれると思っていたのだ。そうして当然の、これは絶好の機会であった。

失念していた。巧たちと違い、他の者たちはオークと戦う覚悟もろくになく、ただ数だけを頼りに虚勢を張っていただけだということを。

巧たちは、オークという集団をすでに、強敵ではあるが獲物でもある、と認識していた。

それだけの数を倒しているし、短時間で厳しい死闘を潜り抜ける中、度胸も駆け引きも身につけていた。

彼らは違う。

これまで一方的にオークの暴威に晒され、無残に倒れた者たちをあまりにも見すぎていた。

運よくオークを倒してレベル1になった数名とて、それは数で囲んで運よく一撃が急所に当たったから、という程度のことでレベルアップしたに過ぎない。

誰の頭にも、反転攻勢、などという単語が思い浮かばないのだ。

状況を打開することを、はなから諦めている。

故に、この千載一遇《せんざいいちぐう》の好機に前へ出られない。

巧たちにもミスはあった。日暮れまで時間がないとしても、何とか彼らと連絡を取りつけ、覚悟を決めさせてから打って出るべきだった。

これまで巧は、春名としか連係してこなかった。誰よりも巧を知る人物との、あまりにも互いのことがわかってしまう相手とのコンタクトだけに慣れきっていた。

故に、春名以外の者とは、誰も、春名との間にあるような阿吽《あうん》の呼吸はできないことを忘れていた。

「姉さん、退こう」

「うん、巧ちゃん」

きびすを返し、巧と春名は茂みに飛び込む。

オークの一部が追いかけてきたが、そこに催涙手榴弾を投げ込んだ。

白い煙があがり、オークが悲鳴をあげる。煙を吸い込まないよう、巧たちは素早くその場を立ち去った。

それ以上、オークたちは深追いはして来なかった。

おかげで、ひとまずは命拾いである。

このオークたちは恐らく、こんどこそ本格的に部活棟を襲うのだろう。その結果どうなるのか、巧たちに憂慮する余地はなかった。

‡‡‡

夕日に染まる森の中、ひとりの少女がオークに組み敷かれていた。裸身は異臭の漂う白濁の液体にまみれて、呼吸は浅い。

だが、まだ生きている。

そんなところを発見した巧と春名は、即座にオークを仕留めにかかった。

少女にのしかかって腰を振ることに熱心な相手を殺すのは、もはや造作もないことである。

巧の棍棒が横殴りにオークの身体を吹き飛ばし、春名の槍が胸もとに突き刺さった。

股間のものを剥き出しにしたまま、オークは息絶え、その姿を消滅させた。後に残るのは赤い宝石がひとつだけ。

殺しやすいところにいたから、殺した。それだけだった。結果、残ったものの始末に困ることになる。

すなわち、これまでさんざんに暴力を受けてぐったりした状態の少女である。

まったく知らぬ相手であれば、まだよかった。巧は彼女の顔を見て、それが知り合いであることに気づく。

「伊澄《いすみ》さん」

「巧ちゃん……」

「クラスメイトなんだ、姉さん。あの、その……」

「わかった、あちこち怪我してるから、ヒールをしてあげて。その後はお姉ちゃんが手当てするから、ちょっと後ろを向いていてね」

春名は、彼女を助けることをあっさりと承諾してくれた。

巧が姉と視線を交わしたのは一瞬だったが、彼女の方に動揺はない、あるいはそれをまったく表に出していない。

悠長に少女の手当てをしている間に日は落ち、夜の闇が森を包んだ。

起き上がった少女は、春名がどこかから持ってきた上着を借りて身体を隠した後、口数少なく、巧と春名に礼を言った。

「姉さん、こちらは伊澄準《じゅん》さん。ぼくのクラスメイトで、部活動には入っていなかった……よね？」

「ええ。御好《みよし》くんと同じく、ね」

「姉の春名です。伊澄さん、さっそくだけど、どういう状況であいつらが出てきたか教えてくれない？　あと、どうしてこのあたりに逃げ込んだのか。わたしたちには、安全に一夜を過ごせる場所が必要だわ。あなたがそれを知っているなら、いいのだけれど」

「どうして、あたしが安全な場所を知っていると思ったんです？」

「校舎の方角から判断して、目的を持ってこっちに逃げていたみたいだったから」

偵察スキルのおかげだろうか、春名には、巧には見えていなかったものが見えていたようだ。

スキルの存在を知らない様子の伊澄準は、戸惑った様子で巧と春名を交互に見る。

といっても、いまは木々の天蓋からわずかにこぼれる月明かりと星明かりが頼りで、ふたりの顔はろくに見えないに違いないのだが……。

そういえば、と巧は気づく。

空に浮かぶ月が、ひとつではない。

夜空に浮かぶ月は、ふたつもあって、それぞれ大きいものとちいさいものがひとつずつ。大きい方の月が、ちょうど巧の知る月と同じくらいだろうか。

そのそばに寄り添うように、もうひとつのちいさな月が浮いているのだ。

どちらも白い光を放ち、夜の森を照らしている。おかげで、まったく足もとも見えない、というほどではない。

これを僥倖《ぎょうこう》と捉えるべきか、夜になってもオークの脅威から逃げ続けなければならないと考えるべきか。

「あまり知られていないみたいだけど、あっちに鍾乳洞《しょうにゅうどう》があるの。危険だから立ち入り禁止で、それでも興味を持つ生徒が出るだろうから、って学園側は公開していないんだけど。あたしは、先輩から教えて貰ったわ。あそこまで逃げれば大丈夫なんじゃないかって、何となく思った。だから、化け物が出てきたとき、とっさにひとりで逃げたの。みんなを見捨てて。だから、罰が当たったのね」

少女はため息をつく。巧が知る伊澄準という少女は、自分たちの4人グループで固まって、いつもその中で動く、ころころ笑う少女だったように思う。

そんな彼女が、仲間を見捨てた、と証言した。

校舎の方で具体的に何があったのかはわからないが、ことは命に関わる問題だ、巧としては、自分を優先するのは当然であろうと考えている。

無論、それは巧と春名としても、いまでも同じだ。

「伊澄さん、その洞窟まで案内してくれないか。ぼくも姉さんも、もうくたくたなんだ」

「わかったわ。でも、この夜道でたどり着けるか……」

立ち上がりかけて、少女はよろめく。

慌てて春名がその身体を支えた。傷は全て治したはずだったが、ヒールの魔法で疲労は取れないし、精神的なダメージも大きいのだろう。

だからといって、このまま悠長に森の中に留まるわけにはいかない。

「悪いけど、引きずってでも連れていくよ」

「ええ、なるべく努力してみるわ」

幸いにして、彼女の靴はそばに転がっていた。

それを履かせ、方角を指示させる。ついでに、彼女は校則で禁止されたスマートフォンも持ってきていた。巧がそのスマホを手にして明かりがわりとし、先頭に立ち、前方を照らしながらゆっくりと歩き出す。

「伊澄さんは、どうしてスマホを持ってたの」

「何故かは知らないけど、鍾乳洞の方に行くと少しだけ電波が入るのよ。そこでデイリーの消化を、ね」

「出入り？　ごめん、よくわからない」

「巧ちゃん。たぶん伊澄さんは、ゲームの話をしているわ」

「そうか。ごめん、ぼくはゲームのこと、まったく詳しくないから」

「知っている。御好くん、クラスでゲームの話題を振られたとき、きょとんとしていたものね。その割に、教室の空調が壊れたときは勝手に修理したりしてたよね」

「修理を申請すると時間がかかるから……中学からいっしょの奴ら、ぼくが機械いじり得意なの知ってるし」

「工作部、みたいなのがあったらきっとあなた、入っていたんでしょうね」

北山学園《きたやまがくえん》では文化部の肩身が狭い。美術部や吹奏楽部などの一部を除き、部室棟で部室すら与えられていない部活がいくつもある。

「ごめん、姉さん。こんな話、退屈だよな」

「ううん。お姉ちゃんの知らない巧ちゃんの話、もっと聞きたいな。それにね。これも情報だよ」

「姉さん？」

「巧ちゃん。ここでのやりとりも、きちんと次のわたしに伝えてね」

巧は立ち止まり、振り返った。

スマホのライトに照らされた春名は、苦笑いしながら、巧をまっすぐに見つめていた。

「囲まれたみたい。やっぱり、危険だとしても明かりをつけていると目立つんだね」

不意に、気づいた。

巧の姉にとっては、これも情報収集の一環だったのだ。オークがスマホの光を見つけるかどうか。今後の周回での夜の行動を考える上で、それは重要な情報のひとつだろう。

結果は出た。致命的な状況と引き換えに。

ついでにまあ、巧のクラスメイトも巻き込んでしまっているが……これもまた、優先順位の問題である。春名にとっては、巧がより多くの情報を持って次の周回に向かうことの方がよほど重要なのだから。

「まだだ。姉さん、あと1体倒せばレベルアップできる。スキルが3に上がれば……」

「さっきまで気配がなかった奴がいるの」

春名は首を横に振った。

「ひょっとしたら偵察スキルが1じゃ気づけない相手。そういうのもいるみたい。どこか、木の上にいるみたい。でも、わたしじゃよくわからない。こっち側に来るまではいちどもなかったこと。だから、巧ちゃん。気をつけて――」

彼女は、最後まで言葉を紡げなかった。

斜め上から飛来した矢が春名と伊澄準の身体を次々に貫く。伊澄準にとっては、何もわからず射殺されるこの状況はむしろ幸せだったかもしれない。

巧にとって、それはまたもや姉を目の前で失うということだった。今回は、少しの間とはいえ声を交わしたクラスメイトまで。

巧は雄たけびをあげて、矢が飛んできた方角に突進した。

目の前にオークが2体、立ちふさがる。こいつらのどちらかを倒せばレベル4だ。せめて、多少なりとあがいてみせると棍棒を振り上げ――。

その腕に、樹上から飛来した矢が突き刺さる。

巧の身体はバランスを崩した。その隙に、左右からもオークが飛びかかってくる。

無数の剣と槍、棍棒、斧、といった攻撃を受けて、巧は血だらけになりながらも前進した。まだだ。この矢が飛んでくる先を見るまでは。

治療魔法の助けも借りて、包囲を強引に突破してみせる。

スマホのライトを樹上にかざした。

そこに、映る影がある。オークだった。黄土色の肌をしたオークが、粗末な弓と矢を構え、巧を見下ろしていた。

巧は拳銃を構えた。だが狙いをつける前に、黄土色の肌のオークが矢を放つ。

飛来した矢が、巧の手にしたスマホを弾いた。

明かりを失い、巧は闇雲に拳銃を放ち、棍棒を振りまわした。鈍い感覚があり、ぐえっ、とオークが呻き声をあげる。だが残念なことに死んではいないようだ。

ならばトドメを、と巧はオークの声がした方に踏み込み――。

そこで一斉攻撃を受けた。

脳に強い一撃を受け、目の前が真っ白になる。

そのまま、意識を失った。


苦痛は、構わなかった。

それよりも、慙愧の念が強い。

もっと、もっと情報を抜いた状態で、次へ――。

‡‡‡

7周目。

巧は前の周回における一連の出来事を、かいつまんで春名に説明した。春名はすぐにことの次第を理解し、今回もスタンガンと釘打ち機を手に、先頭に立って歩き出す。

ふたつの得物を上手く利用してオークを仕留め、レベルアップ。

「次は、巧ちゃんの番」

春名は巧に釘打ち機を返してくる。

オークを発見し、春名がスタンガンで動きを止めて、巧が釘打ち機でオークの喉を貫く。共にレベル１に。

　春名は今回も偵察を取得し、もうひとつのスキルとしては付与魔法を選んだという。

　巧がオークを倒すときも、フィジカル・アップとマイティ・アームというふたつの魔法をかけて、サポートしてくれた。

　それぞれ、両脚と両腕が淡く輝き、脚力と筋力がいくらか上昇する魔法である。おかげで巧はいつもより容易にオークを仕留めることができた。

　思ったよりも付与魔法は便利だが、果たしてこれにスキルポイント１ポイント分の価値があるのかどうか。

　巧には、微妙なところだな、としか判断できない。

　しかし春名には、彼女なりの考えがあるようだった。いまは問答しているタイミングではない、というのはこれまでの周回でよくわかっている。

　巧は春名の指示に従い、今回もまた棍術スキルと治療魔法スキルを取得した。

　パーティを組む。

　続いてオークを狩り続けること、４体。

　ふたりはレベル２になり、共に白い部屋に赴いた。

　ここでようやく、きちんとした話し合いの場が持てる。

　改めて、巧はこれまでの詳しい出来事を春名に語った。前の周回における彼女の最期まで、その全てを。

「たぶん、巧ちゃんは疑問に思ったよね。どうして今回のわたしが付与魔法を取ったのか」

「ああ。でも姉さんのことだから、きっと考えがあるんだろうなって」

「巧ちゃんのおかげで、すごく重要なことがわかったからね。これまでの方針じゃ駄目、袋小路だっていう、貴重な情報」

「袋小路……」

「時間的な制限が、特に厳しいね。たぶん、オークは夜目が利く。少なくとも、わたしたちよりはずっと。夜は彼らの時間なんだよ」

巧はこれまでの出来事を思い返し、うなずく。

たしかに、そうかもしれない。オークが夜の闇を苦にしていた様子はなかったように思う。

「このままじゃ、どうあがいても無理。絶望的。どの方向に行っても、わたしたちはオークに囲まれているということ。たぶん、鍾乳洞はもっと危険。……弓を持ったオークは、黄肌、って呼ぼうか。黄肌が木の上で待ち構えていたってことは、そっちの方にオークが守るべき場所があるってこと。ひょっとしたら、オークたちはそっちの方から来たのかもしれない」

そう、か。巧は膝を打つ。

あれだけの情報から、彼女はそこまでわかるのか。

前の周回における春名の行動は、無駄ではなかった。とてつもなく大切な情報を、彼女は巧に託した。次の自分なら、これを元にもっと上手くやるだろう。そう信じていた。

彼女が、彼女自身を。

そして、情報を伝える巧のことも。

胸が熱くなる。

「だからね、お姉ちゃんは巧ちゃんに提案します」

「ああ、何でも言ってくれ」

「巧ちゃん、パーティを増やそう。わたしたちふたりだけじゃ、これ以上は無理。でも仲間が増えれば、話は別だよ」

虚を衝かれ、巧は言葉を失った。

青肌──エリート・オーク

LV.5

スキル：オーク4

オークの下士官。大将軍に忠誠を誓い、現場を指揮する、無慈悲で苛烈な小隊長。

一般兵よりひとまわり大きな体躯を生かして、パワーで目の前の敵を粉砕する戦い方を得意とする。

ただのヒトが相手であれば、受け止めた盾ごと押しつぶすことすら可能な膂力の持ち主であるが、通常の戦いにおいては戦闘を一般兵に任せ、その統率を主眼として動くことが多い。

これは一般兵に思慮に欠ける者が多く、常に督戦する必要があるためである。とはいえ彼ら下士官も、その戦場における視野は一般兵とさして変わらぬことが多く、戦の血に酔えば部下と揃って暴走すること数多であった。

魔物専用スキル

オーク

肉体強度＋1、知性－1、魔法抵抗－2。

特徴：
万能の武芸（あらゆる武器の扱いに習熟している）。
種族として魔法を苦手とするため、オークを持つ者は、
オークと同ランクまでしか魔法のランクを上昇させることができない。
オークをランク4まで上げると、サブスキル・威圧の咆哮を習得する。

サブスキル

サブスキルは特定のスキルの上昇に伴い習得するスキルで、
スキルポイントを使用せず、ランクが存在しない。

威圧の咆哮

耳を聾する咆哮をあげて敵を威圧する。
いずれかのスキルのランクが1以下の相手に対してスタン状態を付与、
ランク3以下の相手に対して怯え状態を付与、
ランク4以上の相手には効果がない。

ランク別【治癒魔法】一覧

治癒魔法ランク1

ヒール	傷を治療する
リムーヴ・ペイン（Rank×10分）	過度の苦痛を消す
ピュリファイ	1立方メートル範囲に存在する 水や食料をすべて浄化する
ステイシス（Rank×1週間）	物体の時間を停止させ、腐敗や劣化を防ぐ

治癒魔法ランク2

キュア・ポイズン	毒を治療する
キュア・ディジーズ	病気を治療する
フラワー・コート（Rank×1分）	桜色の霧の薄幕を張り、 多少の一時的HPを得る
ホーリー・サークル （Rank×1分、半径10m）	聖属性の清浄区域、 死霊を少しだけおとなしくさせる

治癒魔法ランク3

リジェネレーション（Rank×1分）	少しずつ傷を癒やす
キュア・マインド	対象の精神を治療する
ホーリー・ボルト	聖属性、対死霊攻撃
ディスペル	接触、特定の魔法ひとつを、 指定して打ち消す

治癒魔法ランク4

レンジド・ヒール(Rank×5m)	遠距離にヒールを飛ばす
キュア・ディフィジット	四肢等、破損した肉体を繋ぎ直す。欠損した部位が完全な状態でそろっていなければならない
アッシュ・トゥ・アッシュ	聖属性の遠隔攻撃、対死霊限定、灰色の霧が対象を包み、青白い炎で死霊を焼く
レストレイション	毒、恐怖、魅了、混乱及び、スロウや能力低下等の状態異常を回復する

治癒魔法ランク5

エリア・ヒール (使用者を中心として半径Rank×5m)	広範囲にまとめてヒールを飛ばす
ヒーリング・サークル (Rank×1分)	リジェネレーション効果のある範囲結界をつくり出す
サステナンス	30秒間、対象を仮死状態にして死亡級の傷を受けた者の生命を維持する。対象が拒絶した場合、効果がない
ストーン・トゥ・フレッシュ	石化状態の解除、あるいは魔法のかかっていない石を謎肉に変化させる(最大30立方メートルの範囲までの石)

治癒魔法ランク6

グレーター・ヒール	治療効果の大きいヒール
ブレイヴ・リンク(Rank×10分)	対象に対する精神系攻撃を無効化する
ブレイク・エンチャント	対象にかかっている付与魔法をまとめて解除する
グローリー・ホール (Rank×2時間、半径最大1km)	規模で強力な聖属性の清浄区域をつくる (ホーリー・サークルの強化版)

治癒魔法ランク7

ホーリー・レイ	聖属性の遠隔攻撃
グレーター・ディスペル	Rank×5メートル以内にかかっている特定の魔法ひとつを、指定して打ち消す
バニッシュ	使い魔、何かに召喚された存在を強制的に送還する(対象が強大な場合、レジストあり)
リヴァイヴ	肉体再生。欠損した部位を再生することも可能だが、多少の時間を要する

治癒魔法ランク8

セレニティ(Rank×1分)	一辺20mの対死霊結界
リバース・エイジ	1歳若返る。ひとりの対象には年に1度しかこの魔法は適用できず、術者は年に5回だけこの魔法を使用可能
トゥルー・ボディ	異形化、混沌化、悪魔化等、なんらかの魔法的要因で変化させられた肉体を元通りに修復する
セラフィム・ソング(Rank×10秒)	清浄な歌声が響き渡る。声を聞ける範囲の人々を正気に戻し、軽度の恐怖や状態異常を治療し、軽度の傷を治療する

治癒魔法ランク9

リザレクション	接触、四肢欠損や状態異常を含めてすべて瞬時に治療
エヴォリューション(1時間)	ランダムで対象に進化を促す
ホーリー・ウェイブ(Rank×1秒)	自身起点全周囲に聖属性の波、死霊特攻の波動
ホーリー・ウェポン(Rank×1分)	武器に聖属性、対死霊の力を込める

第3話　わたしたちの反撃

パーティを増やす。つまり、仲間をつくる。

春名《はるな》のその提案は、巧《たくみ》も実感として理解できるものであった。

前の周回で、巧たちはオーク10体を相手に撤退を選ばざるを得なかったからだ。

もっと余裕のある状況であれば話は別だろうが、夜目が利かない巧たちが夜の森をうろついて、オークを相手にどうなるかも、前回の失敗でわかってしまった。

そのあたりの情報は、もう充分に集まったといえる。

我が姉は、賢い。

もともと巧はそう考えていたのだが、今日の一連の繰り返しの中で、ますますその確信を強めた。

普通の者は、人から話を聞いただけでここまで洞察することなどできないだろうと思うのである。その彼女が「無理」と言うのだから、実際に無理なのだろう。

その上で選択するべきことが「数を増やす」である、というのも論理的に納得のいく話である。

感情は別だ。

姉とふたりで、ふたりきりであるからできることがある。それが巧の認識であった。姉以上に頼れる者などいないし、ずっと姉と共にありたい。できればこのまま、姉をひとりじめしていたい。

加えて。

こんな切羽詰まった状況だからこそ、姉以外の者、つまり不純物を交ぜることに強い懸念を覚えるのだ。

自分に少しばかりシスターコンプレックスの気配がある、という自己認識も、少しはあった。そう、ほんの少しだけだが。

「巧ちゃんは、お姉ちゃんのことを美化しすぎかな」

そんな気持ちの一端を吐露《とろ》したところ、春名はころころ笑った。

「でも、嬉しいな。巧ちゃんがお姉ちゃんを信じてくれるなら、お姉ちゃんはどこまでも強くなれるよ」

「そうだよ、姉さんは無敵だよ」

「でも、そんなお姉ちゃんでも、無理なものは無理だよ」

そんなことはない、と叫びたかった。叫んだ。春名は、巧の頭を撫でた。高ぶった気持ちが少し落ち着いた。

「巧ちゃんの話に出た、伊澄準《いすみじゅん》さん。仲間にするのはどうかな」

「伊澄さんを？　確かに、悪い奴じゃないとは思うが……」

「巧ちゃんはよくわかってないみたいだけど、彼女が鍾乳洞《しょうにゅうどう》で電波を拾っていたのは、ソシャゲのデイリーを消化するため、だよね。たぶん、うちの学園みたいな場所に来ても、それでもなおゲームをしたかったんだよ。そういう根っからのゲーマーって、いまみたいな状況でこそ頼りになるんじゃないかなあ」

「ゲーム、か……」

言われてみれば、この状況はゲーム的だ。ふたりが向き合って座る椅子、その隣にある机に置かれたノートＰＣを見る。

表計算ソフトとおぼしきものに表示されたデータの羅列。

巧には、個々のデータの善し悪しがさっぱりわからない。対してゲームをある程度嗜んでいるという春名は、一を聞けば十を知るとでも言うがごとく、ゲームの知識を基にデータを解析してみせた。

どっぷりとゲームに浸かっている者なら、もっと詳しく状況を理解できるかもしれない。

新しい視点が得られるかもしれない。

対して、伊澄準である。

彼女は春名ほど素直に状況を受け入れられない可能性はある。巧と春名の間にあるような信頼と意思疎通。そういったものは、とうてい望めないだろう。

これまで得られていた完璧な連係が崩れるかもしれない。時間が経てば合わせることは可能であろうが、日没までというタイムリミットがついた状況だ。

そこは、賭けである。

悪い賭けではない、というのが春名の認識であるようだった。

巧は死ねば地震の直前に戻る。それがいつまで可能なのかはわからないが、きっと次も戻るだろう、とは何となく思っている。

だからといって、好んで死にたいわけではない。

SF作品に詳しくはない巧でも、懸念はたくさんある。巧が死んだ後、世界は続くのかとか、残された春名はどうなるのかとか、そういう話ももちろん頭の片隅では意識している。

なるべく考えないようにしているだけだ。

考えたところで、そこはどうしようもないのだから。

故《ゆえ》に、少なくとも春名が絶望的な状況に陥るまでは全力を尽くしたい、と思うのだ。

これまでも、やむを得ない場合を除き、春名が死ぬまでは捨て鉢にならないように意識している。

対する春名の方は、自分を捨てても巧に情報を残すように動いているフシがあるのだが……

これぱかりは、きっと巧がいくら言ってもきかないだろう。

毎回、注意はしているのだが。

「都合がいいのはね。巧ちゃんの話が確かなら、その子が地震が起きてからどう行動したか、わたしたちが知っている。どこに行けばその子がいるか、巧ちゃんはわかっているよね」

「それは、そうだね。オークに襲われているわけだけど」

「何時何分、ってところまではわからなくても、いますぐいけば、レイプされる前に助けられるかもしれない。そんなところを救えれば、きっと彼女はわたしたちに感謝して、言う通りにしてくれるんじゃないかな」

「姉さん、彼女を洗脳しようとしてる？」

春名は笑った。

巧は、さすが姉さんだ、と感嘆した。

「でも、そういうことならいますぐ行動、か」

「何か、やりたいことがあった？　それならお姉ちゃんは、巧ちゃんに従うわ」

言外に、他人がどんな悲惨な目に遭おうが知ったことではない、と春名は言っているのだ。

巧は、さすが姉さんだ、とまた感動を覚えた。

「いや、単に仲間にするならもうひとり、思い当たる相手がいるってだけ。ただ、こっちは居場所がわからないし、オークに襲われてもう死んでる可能性もある。捜索する時間も惜しい。そうだね、伊澄さんを助けて、それから考えよう」

「ちなみにそのもうひとりって、ひょっとして真壁《まかべ》くん？」

「うん、章弘《あきひろ》。姉さんも知っての通り、あいつはゲームとか好きだし、姉さんとも知り合いだ。人柄も信用できる。話が早い。問題は、あっちこっちの部活に顔を出すから、今日どこにいるかまるきり見当がつかないことなんだよな……」

真壁章弘は巧の同級生である小柄な少年だ。

巧と春名とは、3年前、ふたりがこの学園に編入して以来のつきあいでもある。背は低いがスポーツは万能で、あちこちの部活に助っ人として引っ張りだこの人間であった。

残念なことに、部活棟での戦いでは顔を見ていない。あの場に彼がいれば、もっと別の選択もあっただろうに、と思わざるを得ない。

逆に言えば、彼が巧たちの仲間になるなら、部活棟の面々と交渉も可能であろう。そういう意味でも、仲間を増やすなら彼がいい、と考える理由になるわけだった。

「姉さんの考えでは仲間をどれだけ増やすつもりかな。3人で充分だったりするならどっちかは諦めるし、あと、そうだね、姉さんの方にこれは、って思う人がいるならそっちを優先してもいいよ」

姉にコナをかけそうな男であれば話は別だが、とこれは心の中でだけ考える。

姉とつきあう人間は選別するべきだ、と考えるタイプの弟だと巧は自己を分析していた。弟としての当然の権利である。こればかりは姉にも嫌とは言わせない。

はたして春名は、うーん、と考え込んでいた。

「間違いなく頼りになる、という人は……啓子《けいこ》先輩は卒業しちゃったしなあ。あの人がいれば、たぶんオークもワンパンなんだけど」

「ちょっと待って、その人は人間なの？」

オークの強さは巧もよく知っている。あれをスキルなしの一撃で倒せる相手など、想像もできない。

「できるよ。なんかよくわからない武術とか使える人でね……」

なんだそりゃ、と巧は首を傾げる。

まあ、姉が言うなら、そうなのだろうが……。

「あ、でも啓子先輩の彼氏さんは、まだ在学中のはず。会ったことがないけど、啓子先輩がじきじきに稽古《けいこ》をつけた人らしいから、その人を探すことができれば……」

「名前もわからない？」

「わからない。うん、そのセンはひとまずナシでいこう。次の周回以降で使える知識かもしれないから、いちおう巧ちゃんも覚えておいて」

あまり次の話なんてして欲しくないが、春名の言葉はもっともなので、苦虫を噛み潰したような顔をしながらうなずいておく。

「別に探さなくても、素手でオークを倒せるなら生き残って、今日じゃなくても明日あたりには会える気がするしね」

それはそうだ。この状況でオークを倒せた者がいるとしたら、それは巧たちの持つスタンガンのように、よほどいい武器があったか、あるいは本人が優れていたか、あるいは単純に運がよかったか……そういうことなのだろうから。

部活棟では、バットや和弓を持った者がレベルアップしていた。

あれは適切な武器と本人の能力の複合だ。それでも、数人が限度であった。誰も彼もが、勇気を振り絞って化け物と戦えるわけではない。

巧と春名の場合は、お互いの存在が大きかった。

互いに、相手を守らなければならない、そのためなら何でもする、という強い意志があった。そのためなら、死の恐怖など簡単に乗り越えてみせよう。

実際に、巧は何度も死んで、その度にくじける可能性はあったのだ。

だがそれ以上に強い、姉を想う心があった。

姉が凌辱される様を見て、殺される様を見て、ひどく憤っていた。次こそは、と思えばこそ、戦う意欲が湧いた。

他の者は、果たしてどうなのだろうか。

これればかりは、やってみなければわからない。春名としても同様のようで、「駄目だったら、他の人を探そう」と予防線を張っている。

「正直、伊澄さんとのつきあいは深くないし、彼女に関してはわからないな。章弘は……なんかあいつ、いつも飄々《ひょうひょう》としているから、余計にわからないよな……」

「うん、お姉ちゃんもさっぱり。さっき話に出した啓子さんだって、実際にオークを見たら戦えないかもしれない。そういうのって、普段からは絶対にわからないものだと思うんだ」

そもそも巧たちがこれまで生きていたのは、平和な日本だ。

争いもなく、死も身近ではなかった。学園の中はなおさらだ。いじめなどの問題こそあれ、基本的には世間から遠ざけられてきた。

化け物が襲ってくるなどという想定はまったく存在しなかった。

普通の者には、準備が出来ていない。これは生徒も、教師も同じである。もっとも、仮にたまたま警察官や自衛官がこの場にいたとしても、果たして満足に動けるかどうか。オークという化け物は、それほどに常軌《じょうき》を逸していた。

巧と春名は、自分たちを例外中の例外だと捉えるべきだろう。

この点に関して、両者の意見は一致している。これもまた、お互いの存在がなければ、戦えなかったに違いない、という点に関しても。

ふたりは、ふたりだからこそ死の恐怖と闘争の湧きたたせることができたのである。これからも、ふたりがふたりである限り、その意欲は無限に生み出されることだろう。そういう意味でも、お互いはお互いを手放せない。

絶対にふたりで生き残るのだという強い意志こそが、どんな苦境でも、いや苦境であればこそ彼らを生かすに違いなかった。

それも、巧の死に戻りというちからがあってこそ、ではあるのだが……。

「あと、これも大事だから、覚えておいて。巧ちゃんの死に戻りについては、ひとまず内密にね。お姉ちゃんと巧ちゃん、ふたりだけの約束」

「構わないけど……何で？　ぼくが聞いてもいいことなら、聞いておきたいな」

「巧ちゃんが恨まれるかもしれないから」

巧は小首をかしげてみせた。春名は笑う。

「巧ちゃんは、いい子だからね。わからなくても仕方がないよ」

「姉さんじゃなかったら、馬鹿にしないで、って怒るところだよ」

「本当に、いい子だからわからないってこと。相手の立場になって、考えてみて。自分だけは何度でも生き返るけど、あなたたちは死んだらそのまま。そんな状況で、相手に指示されるのって、どう思う？」

巧は厳密な意味で生き返るわけじゃないし、死ぬことに恐怖だってしている。何より春名を守りたいと心の底から信じている。

それはそれとして、巧だって馬鹿ではない、相手の立場になって考えれば、なるほどよく理解できた。できてしまった。

「面倒だね」

「面倒なんだよ、他人って」

この場合の他人とは、無論、巧と春名以外のすべてのことである。世界はふたつに分かれている。巧と春名、そしてそれ以外だ。

「でも、その面倒な他人を引き込まないと、これ以上はどうしようもないわ。だからって、リーダーは巧ちゃん。これだけは譲れない。そうじゃないと、仲間をつくる意味がない」

「姉さんがリーダーになればいいんじゃ？」

「場合によっては、そうするわ。でも基本的には、ここまで仲間にしようって思った人はどっちも巧ちゃん経由の相手だもの。巧ちゃんがいちばんよく、相手のことがわかる。それにわたしは、ほら、氷姫《ひょうき》って呼ばれてるし」

「あ、それ、知ってたんだ」

「そりゃあ、耳に入るよ……」

生徒会での春名は、冷酷に相手の主張を切って捨てる論客《ろんかく》として有名だった。

彼女とて、やりたくてやったわけではないらしい。

予算というものは限りがあるし、皆が好き勝手なことを言う。だからといってひとつその主張を呑めば、別の誰かが不満を抱く。

この学園にはさまざまな問題がある、とかつて春名は言ったことがある。

巧とふたりでいるときは、あまりそういった話をしないのだが、それでもたまにぽろっとこぼす不満から察するに、本当にいろいろなトラブルを抱えていたのだろう。

それらを上手く操縦しきった結果、彼女は表向きの顔として、冷酷非情な女、という仮面をかぶっていた様子であった。

それは、いまこの状況では好ましいリーダーの姿ではない。

彼女のその主張はよく理解できる。

だからといって、まあ、面と向かってそういってきた相手がいたとしたら、きっと巧はその相手を許せないだろう。

まあでも、きっと真壁章弘は大丈夫じゃないかな、と巧は楽観視している。以前からの春名の知り合いだからだ。

伊澄準の方は、わからない。

前回、彼女は巧と春名に助けられて、春名に優しい言葉をかけられていた。相手に余裕がなさすぎる状況であれば、そこで温かい言葉をかけられれば、そりゃあほだされるというものである。

逆に言えば、出会い方が変われば態度も変わる可能性はある。

そのあたりもまた、出たとこ勝負になるだろう。

巧がいくら春名を褒めて持ち上げても、いや弟である巧が持ち上げているからこそ、余計に胡散臭く思われる可能性が高くなるのだ。

そのあたりのヒトの感情の機微というものを、巧はよく知っていた。なにせ昔から春名をあれこれ持ち上げては、相手にジト目で見られていたのだから。

そういう目で見ない相手も、何故か「きみはシスコンだねえ」と優しく肩を叩くのである。不思議なことだ。巧には理解できぬ。

「まあ、それじゃ、そんなところで」

「うん、行こうか」

どちらからともなく、腰を上げる。

巧は前回と同じく棍術を、春名は付与をランク２に上げて、白い部屋を出た。

巧　：レベル２　棍術１↓２／治療魔法１　スキルポイント２↓０
春名：レベル２　付与魔法１↓２／偵察１　スキルポイント２↓０

‡‡‡

前回、伊澄準がオークに押し倒されていた場所は巧が覚えている。

ふたりは急いでそこへ向かった。幸いにして、道中を邪魔するオークはいなかった。この時間帯だと、森の中を彷徨《さまよ》うオークの数はあまり多くない様子である。

できれば道中で1体か2体は仕留めておきたいところであったが、今はむしろ戦いで時間を取られなかったことを喜ぶべきだろう。

ふたりがちょうどその場所に到達した瞬間は、いままさに伊澄準が制服を剥ぎ取られようとしている場面であったからだ。

他のオークの始末に時間を取られていたら、彼女はたいへんな目に遭っていたに違いない。

巧の優先順位としては春名の方が上だといえど、クラスメイトがトラウマを受けないに越したことはない。

問題点が、もうひとつあった。

か弱い少女は、4体のオークに囲まれていたのである。

前回、この場にいたのは1体だけだった。残りは、彼女を好き勝手にした後、飽きて別の場所に移動した後だったということだろう。

巧は木陰に身を隠し、近くの春名とアイコンタクトを取る。

春名は目に怒りを宿していた。純粋に、女性に暴力を振るうというオークの行為を見て憤り、それを隠しもしない。

なるほど、姉はこれまでの周回で、この憤怒《ふんぬ》を隠して行動していたのだ。巧を守ることを優先するために。

幸いにして、オークはこちらに背を向けている。捕らえた女に夢中だ。

こういう時のオークは周囲をまったく警戒していないと、巧はこれまでの周回の経験からよく知っていた。

よし、やろう。巧はうなずく。

ふたりは木陰から飛び出した。

オークたちとの距離を一気に詰める。オークたちが振り返り彼らを認識したとほぼ同時に、巧の左手に握られたスタンガンが相手の1体の脇腹に触れている。

巧はスイッチを押し込んだ。電撃がオークの身を焼く。

相手が痙攣《けいれん》し、その場に倒れ臥《ふ》すのを確認する間もなく、右手の棍棒を横殴りに振るう。隣のオークはその一撃を受けて横に吹き飛び、地面に転がった。

春名もまた、鋭い踏み込みの後、自身にかかったフィジカル・アップの効果を最大限に活かして攻撃を開始する。釘打ち機にキーン・ウェポンという武器を強化する魔法をかけた上で、それをオークの背中に当て、トリガーを引いた。

魔法によって強化された釘が、完全に油断したオークの背中に深く突き刺さった。

正確に心臓を貫いている。

オークは口から青い血を吐いて、苦悶の声をあげ、倒れ臥す。まだ死んではいないが、ぴくぴく全身を痙攣させている。

最後の1体が背を向けて逃げ出そうとする。

巧は強化された脚力でそのオークに追いつき、スタンガンで気絶させた。

ここまで数秒だ。上手くいった最大の理由は、完全に相手の不意を衝《つ》くことができたからである。

伊澄準にとっては不本意だろうが、オークたちが泣き叫ぶ彼女に興奮していたおかげだ。ついでにいえば、巧たちの足音も聞こえないほど彼女が叫んでくれたことも大きい。

ともあれ、重要なのはこれからだ。

「伊澄さん！」

「え……御好《みよし》……くん？　それと、お姉さん？」

半裸の伊澄準は身体を隠す余裕もなく、呆然としている。

事態の展開についていけないのだろう、無理もない。

だがいまは時間が惜しい。春名が、釘打ち機を彼女に手渡した。

「さ、これで」

「あの、お姉さん？」

「喉を狙って、引き金を引くだけでいい。殺すんだ。きみの怒りをぶつけろ。いまはわからなくていいから、白い部屋に行ったら、とりあえずスキルは何も取らないで」

「よく、わからないけど……」

釘打ち機を両手で握った少女は、それを支えにしてよろめきながら立ち上がる。

スタンガンを浴びて気絶しているオークの1体を見下ろして、顔をしかめた。

ひとつ、深呼吸。

釘打ち機をもう一度、強く握る。嫌悪と憎しみを顔に出し、オークの喉にぴたりと射出口をくっつけて——引き金を引く。

魔法で強化された釘打ち機の射出の勢いが強すぎたのか、飛び出た太い釘は跳ねてオークの首筋をかすめ、下草に突き刺さるだけに終わった。青い血が地面を濡らす。

だが少女は、巧が何も言わなくとも二度、三度としつこくトリガーを引き、ついにトドメを刺してみせる。オークの身体が消え、赤い宝石だけが残った。

そして伊澄準は、ほんの一瞬、硬直し——。

次の瞬間には、目の輝きが戻る。

巧の方を向いて、うなずいてみせる。

「こういうことなのね」

「お疲れさま」

「それじゃ、もう1体を殺してくれ」

「え？　——いえ、わかったわ、パーティを組む前に経験値を調整するのね」

相手の方から手を差し出してきたので、巧は先にそう返事をする。

パーティのことも知っているということは、白い部屋でノートPCをさんざん質問責めにしたのだろう。巧の言葉の意図をすぐ理解した少女は、震える手で釘打ち機を握り直し、気絶しているもう1体を殺害した。

巧は、トドメを刺した後、未だ震える少女の手を握る。彼女の指にも赤い輪が生まれた。パーティに加入したのだ。

それから巧と春名が、地面に転がっていた残る2体にトドメを刺した。

「あと1体で、伊澄さんがレベルアップする」

「巧ちゃん、あっちの方に、孤立しているオークがいるわ」

春名の指示で、巧は駆け出す。

戸惑《とまど》いながらも、伊澄準がついてきた。最後尾に春名だ。

発見したオークを、巧はその個体が驚いているうちに棍棒で叩き殺す。巧たちは、次の瞬間、白い部屋にいた。

3人で。

‡‡‡

「とりあえず、何でもいいから羽織《はお》るものを貸して貰える？」

という半裸の彼女の身体から目を逸らし、巧は春名に「リペアで何とかなりそう？」と訊ねた。

「うーん、やってみるね」

春名が、服をぼろぼろにされた少女に近づき、その切れ端に手を当てる。

「リペア」

付与魔法ランク2のリペアは破損した物体を修復する魔法だ。

ちぎれた服が再生し、布地がくっつき合う。

しかし、完全な修復とはいかなかった。オークがちからまかせに破いた服のいくつかの切れ端は、たぶん元の場所の近くに落ちている。

故に少女は肉付きのいい身体を中途半端に覆う服として再生されたそれを纏《まと》い、なぜか余計に煽情的なありさまとなって、困惑した様子で己の身体を見下ろしていた。

「うーん、欠損しすぎていると駄目かー。この部屋を出たら、どこかで服を調達しましょう」

「ありがとうございます。——まずは、自己紹介しましょうか。あたしは伊澄準と言います。一年生で、こちらの御好くんのクラスメイトです。姉弟が揃っているとややこしいから、巧くん、と言った方がいいかしら。元生徒会の御好春名さん、ですよね。巧くんのお姉さんの」

確か前回は春名の方から自己紹介したが、先ほどまでの会話から、最初から彼女は春名のことを知っていたことがわかる。

姉が有名人であることは巧も承知していた。一部で恐れられていたことも。

「はい。わたしのことは、春名と呼んでください。あなたのことも準って呼んでいいかしら」

「ええ、それで。巧くん、あなたもあたしのこと、名前で呼んで。最初から、あたしとパーティを組むつもりだったみたいだし。わからないことはいっぱいあるけど、どういう順番で処理しようかしら」

「そちらが、こちらに質問してくれると助かる」

「そう、ね。それじゃ……」

準は少し考えて、小声で「いきなりここから、でいいかしら」と呟く。

「巧くんと春名さん、あなたたちのどちらがループしているの？」

巧と春名は、予想外の言葉に顔を見合わせた。

固まってしまったふたりを見て、準がけらけら笑う。

「本当なんだ。正直、半信半疑だったんだけど」

かまをかけられたのだ、とここでようやく巧は気づいた。

「準さんは、どうしてそう思った？」

相手を睨《にら》みつけ、声色を低くして訊ねる。思わず身構えてしまうのは、仕方がないことだろう。

「それはもちろん、ＲＴＡみたいなことをしていたからよ」

「R……何だって？」

また知らない単語が出てきた。巧は助けを求めて春名に視線をやる。だが春名も、これには首を左右に振るだけだった。

「あー、ゲームとかに詳しくないんだっけ。リアル・タイム・アタック。ゲームを最短でクリアするチャレンジのこと。巧くんの仕草が、あまりにもそれだったから、ああこれあたしとの会話も何度目かなんだなって。白い部屋でよく考えて、そうしたら間一髪のところで助けてくれたのも納得できたわ。この短時間でレベルアップをしていることも。妙にシステムに慣れていることも」

彼女の観察眼に舌を巻く。ここまでやり手の人物だとは思っていなかった。

「そのうえで、いまの反応からすると、それを隠したかったのね。何で？　……ううん、わかったかも。あたしに恨まれるんじゃないかって判断ね。あるいは、以前のあたしと仲がこじれた……？　わけじゃないか。巧くん、そのへん素直だもんね。もしそうなら、次の周回で、あたしは誘われない」

「駄目だ姉さん、ぼく、彼女に口で敵《かな》う気がしない」

「巧ちゃん、頑張って！　お姉ちゃん、巧ちゃんはできる子だって知ってるわ！」

準が、ふたりを見てくすくす笑う。

「春名さん、弟の前だとそんな口調になるんですね。知りませんでした」

「生徒会の仕事をしているときは、相手に舐められるわけにいかなかったから……」

「ああ、そういう……。でも、いまの春名さんの表情、魅力的ですよ。そっちの方がずっといいです」

姉を褒められて、巧は胸を張った。我がことのように嬉しい。

準がジト目でこちらを睨んでいた。あれ、と首をかしげる。

「話を続けるわね。いまの反応が仕込みじゃなくて素なら、ひょっとしてあたしと腹を割って話すのも初めてで？　あれ、ということはあたしがパーティに誘われたのも初めてで……ああ、そういうこと。あなた方の前の周回で、あたしは手遅れだったわけね。で、今回は助けることにした。簡単に場所がわかるから。つまりあたしは、本来あそこであの化け物にレイプされたまま殺されかけて、そこをあなた方が通りかかった、と。そうなると、本当に心から感謝するべきね。言葉が遅れて申し訳なかったわ。ありがとう。あなたたちのおかげで、本当に助かりました」

準はぺこりと頭を下げた。

勝手にひとりで考えて、おおむね真実を言い当て、納得されてしまったことに巧は困惑せざるを得ない。この女、危険すぎる人物かもしれないなと思う。

もちろん、味方としてはこれ以上なく頼もしい。

「で、もう一度聞くけど、あなた方のどっちがループしてるの？　あるいは両方？　あたしもループする方法はあるのかしら」

「ループしているのは、ぼくだけだ。姉さんは違う。方法はわからないが、ぼくは死ぬと記憶を持ったまま地震の直前に戻る」

「地震の直前……ということは、いまから30分ほど前よね。本当に、最短であたしのところに来てくれたのね」

「そうだ。正直、ぼくと姉さんだけでは限界を感じていた。仲間を増やそうと思っていた。その最初に、きみを選んだ」

「光栄だわ。一応聞いておきたいんだけど、あたしを選んだ理由は、この時間にあのオークみたいな化け物に襲われると知っていたから、でいいのよね」

「ぼくたちはオークと呼んでいる。で、理由はそれだけじゃない。きみはゲームに詳しいだろうって、姉さんが」

「ゲームに？　……あ、前のあたしが何か話したのね」

「鍾乳洞のことを。きみはそこに逃げ込もうとしていたって話をしていた。ちなみに、そっち側に逃げると、もっと強いオークが待ち伏せしている。前回、ぼくと姉さんは、そいつらに待ち伏せされて、殺された」

「貴重な情報、ありがとう。何だ、あたし、あのオークに見つからなくても詰んでたってことじゃない。巧くんと春名さん、あなたたちは本当に、あたしにとっての救世主なのね」

準は深いため息をついてみせた。まあ、無理もない。自分の選択が完全にミスだったと、ここで知らされたのだから。

「でも、そのおかげであなたたちに会えた。こうして、いきなりレベル2になれた。いちばん感謝するのは、そこね。できれば次のあたしにも同じ待遇をお願いするわ。後で、いくつかキーワードを教えるから。そうしたら、次のあたしはもっとあなた方を信用する。その方がきっと、お互いに楽に話を進められる。時間は貴重。そうでしょう？」

「助かるけど……それでいいの？」

「いいも何も、それ以外にあたしが助かる道がない、って思い知らされたのだもの。当然、全面的に協力するわ。それとも、命を救われた、というだけじゃあなたたちを信用する充分な理由にならないかしら」

「いや、大丈夫だ。姉さん、ここまではいい？」

「うん、巧ちゃん、問題ないよ。かっこいいリーダーさんをしているとお姉ちゃんは思います。花丸満点、ううん、百二十点……ええい、いっそ百億万点です！」

「やったぜ」

巧はガッツポーズを取った。春名がにこにこしている。巧はそれを見ているだけで、心の奥が温かくなる。

「あなたたち、ひょっとしてこれまでずっと、そんなノリで生きてきたの？」

「よくわからないが、ぼくと姉さんはいつもこんな感じだ」

「そう……。仲が良くて何よりだわ。羨ましいことね」

準は、更に深いため息をついてみせた。悩みがあるのだろうか。まあ、彼女にもいろいろあるのだろう。

「すぐ話がそれちゃうわね。次は何について、かしら。ええと……システムについて、いちおうここでいろいろ調べたんだけど、答え合わせを兼ねて、いいかしら」

彼女との対話が続いた。巧はこれまでの己の体験も踏まえながら、準の考察を補足する。ループについて知られてしまった以上、隠すべきことはほとんどない。

準の白い部屋やスキルについての理解度は、巧と春名を合わせたよりもずっと進んでいた。この点だけでも彼女を仲間に引き込んだ甲斐があったと思うほどに。

一通りシステムについての対話が終わった後、彼女は巧が差し出した紙とペンに、現在の各人のレベルと経験値を書き出した。

経験値について、彼女は「レベルがない状態から1に上がる際の経験値、つまりオーク1体分を60としましょう」と言った。

「何故、60なのかしら」

「パーティの最大人数は6で、60はパーティ人数がひとりから6人のどの場合でも割り切れる最小の数字だからよ。これが30だと、4人のときに端数が出る。20だと3人と6人のときが駄目。だから、60。たぶん他の人たちもこういう風に考えると思うわ」

そうだろうか、と巧は首をかしげた。

ゲームに詳しくない彼としては、こういう考え方そのものがよく理解できない。まあ、それで不都合はなさそうだから、彼女の考えに合わせておこう。

「それで、巧くんと春名さんは現在、レベル2になって60の経験値を得たところ。3人パーティでのオーク3体ぶんね。あたしはレベル2になったばかりで、ゼロ。レベル3になるために必要な経験値は180。つまり、ふたりはあとオークを6体倒せばレベル3になる。あたしは9体」

その通り、3人パーティになったことで倒すために必要なオークの数は激増した。前回、レベル4になれなかった巧たちとしては、頭の痛い問題である。

「他にも仲間を増やす予定はある？」

「同じクラスの真壁章弘を見つけられたら、引き入れたい。姉さんとも知り合いなんだ」

「真壁くんか。いいんじゃない。あいつあたしと同じくらいゲーマーだし」

「待って、準さん、あいつとそういう繋がりがあるの？」

「知らなかった？　ふうん、この学園って意外と油断ならないものね。真壁くんはそのあたり詳しいし。まあ、そういうこと」

どういうことだろうか。巧はいぶかしんだが、いまはそのことについては置いておくことにする。

「で、真壁くんのいまの居場所は知らないのね」

「ああ。準さん、知っているか？」

「たぶん別棟の三階。電算室」

準は、きっぱりとそう告げた。巧は驚く。てっきり、体育会系の部活のどこかにいると思ったのだが。

「今日、月末の土曜日でしょう。そこでちょっと例会があるのよ。知ってる人だけが知ってるヤツなんだけどね」

「学園には秘密の？」

準は、ちらりと春名を見た。ああ、つまり生徒会に知られたくない類いの例会、ということか。

「ま、そのあたりは置いといて。システムについてはこんな感じでいいかしらね。真壁くんも入れる、という前提でスキルの振り分けを考えたい、と。だからあたしにはスキルを振るな、って言ったわけよね？」

「ああ。ゲームに詳しい準さんなら、ぼくたちとは別の視点から考えてくれる気がした。これまでのぼくたちの経験については、さっき語った通りだ」

「火魔法が森の中で危険なのは、想定していたわ。でも、そう、オークが煙に気づくのね。実体験は参考になる。巧くん、あなたの経験は、体験したことは、挫折は、きっと大きな武器よ。教えてくれてありがとう」

そのうえで、と準は考え込む。この白い部屋では無限に時間を使えるという仕様もいち早く把握し、それを最大限に活用しようとしているようだった。

「春名さんが付与魔法を取ったのは、あたしと真壁くんを加える前提ですよね。付与魔法は仲間が多いほど効率よく強くなれますから」

「ええ、そうよ。さっき使ったリペアには、服の汚れを取る効果もあるわ。戦いが続けば身体も汚れるし、血の匂いで敵に気づかれる可能性もある。そのあたりの対策にもなるかな、と思ったの」

「そうですね。あたしも、ざっと白い部屋で調べたんだけど……メモした紙は、元の場所に戻ったら真っ白になっちゃった」

白紙のメモを見せて苦笑いする。

巧も春名も笑った。全員が一度は経験したことなのである。

「巧くんの過去周回の話から鑑《かんが》みるに、ふたりきりで戦っていて詰んだ原因のひとつが、オークの数の多さよね」

「そうだ。ぼくと姉さんだけだと、オークが5体以上いたら厳しい。今回、4体を相手に突っ込んだのは、きみを助けるためと、オークたちがきみに集中していたから不意を衝けるだろう、と予想できたから。安全にやるなら、不意を衝ける状態で3体以内が望ましい。部活棟で10体に突っ込んだ時は、特に危なかった。相手が部活棟の方に興味を示していなければ逃げ切れなかったと思う」

もっとも、付与魔法を手に入れた今回はまた事情が異なる。

フィジカル・アップによって脚力が上昇したことで、オークから逃げることも容易になった。とはいえそれは過信できるほどの速度ではないし、巧も春名も、そこまで運動神経が優れているわけでもない。これは準も同様だ。

「あれが10体もいるところに突っ込むなんて、ずいぶんと無茶をしたわね」

「あのときは、それが最善だと思ったんだ。で、半端に数が多いと、1体、2体倒したところで逃げようとする個体も出る。今回も1体、逃げようとしていた。幸いにも、上手くスタンガンで気絶させることができたわけだが」

「レベルがない状態でトドメを刺すにも、釘打ち機があれば楽にできたわ。文明の利器さまさまよね。ところで、バッテリーは？」

「正直、頼りない。手早くレベル1になるには、いちばん楽な方法だから、ここまで酷使しちゃってる」

「別棟に充電器があるわよ。たぶん規格は共通」

やはり、別棟の様子は見に行くべきか。

数年前に建てられた別棟は三階建てで、学園が最新機器を詰め込んで電子化を推進する目的で用意したものである。

おそらく電気は死んでいるから電子機器の大半はスクラップも同然だろうが、中にはバッテリーで使えるものもあるかもしれない。

何より、真壁章弘があそこにいるというなら、様子を見に行く優先度は非常に高くなる。

本校舎の近くであることから、周囲にオークが多数徘徊《はいかい》しているであろうことが非常に厄介なのであるが……。

まあ、それはいい。この白い部屋でできることを片づけよう。

「付与魔法を前提にすると、あたしも武器スキルを取って、前衛になるべきでしょうか」

「そこは悩ましいところなんだ。別棟に安全に忍び込むなら、風魔法のサイレント・フィールドが便利な気がするし」

「風魔法がランク3になればインヴィジビリティもあるものね」

サイレント・フィールドは周囲の音を消す魔法で、インヴィジビリティは対象の姿を消す魔法である。

いろいろと細かい制約はあるものの、隠密行動をするなら確かに風魔法は欲しい。レベル3まで風魔法の一本伸ばしをすれば、最短で風魔法のランク3に到達することも可能である。

「風魔法の一本伸ばしは、アリよねえ。その場合、あたしはレベルが低い間、スリーピング・

ソングで援護することになるかな。ＭＰは足りると思うけど」

「ＭＰ？」

また知らない単語が出てきた。巧は首をかしげ、準が呆れ返る。

「待って、魔法を使うにはＭＰを消費するの。これ、質疑応答で出てくるのよ」

初耳である。巧と春名は顔を見合わせた。ふたりの様子を見て、準は大きなため息をつき、説明してくれる。

「あたしたちにはＭＰという見えない数値が存在する。おおむね、レベル１につきＭＰは１０ポイントと考えてちょうだい。いまあたしたちはレベル２だから、２０ポイントあるわけね。で、魔法を使うとＭＰを消費する。ランク１のスキルはＭＰを１ポイント使って、ランク２だと２ポイント消費する。召喚魔法だけはちょっと例外なんだけど、いまは関係ないからひとまず置いておく」

彼女は話を続ける。消費したＭＰは１０分ごとにレベルポイント回復するという。いまはレベル２だから、１０分で２ポイントの回復である。

「春名さんは、自分と巧くんに付与魔法をかけまくっていたでしょう。だいぶ疲れた感じじゃなかった？」

「うん、実は少し……。そっかぁ、これＭＰのせいかぁ」

「姉さん、やせ我慢はやめてよ」

「ごめんねぇ、お姉ちゃん、巧ちゃんに心配して欲しくなかったから……」

「はいはい、そこまでそこまで。まったく、すぐに姉弟ラブコメ始めるんだから。……ひょっとして、効果時間のことも知らなかったりする？」

巧と春名は、また姉弟仲良く揃って首をかしげた。

「一部の魔法には効果時間がある。一部っていうか、付与魔法の大半とかの長いこと効果を発揮する系ね。で、これがかけた時点での術者のランクによって変わって、しかもランダム要素まで入っている。つくづく思うんだけど、何でこんな、コンピュータ・ゲームみたいな仕様なのかしらねえ」

準の説明によれば、例えばフィジカル・アップやマイティ・アームはランク1の時点で20分から30分持続するという。

ランク2になればこれが倍の40分から60分、ランク3では60分から90分であるそうだ。

他の魔法にもそれぞれ効果時間が設定され、おおむね基本時間の半分のランダム時間が設定されていて、いつ解除されるかは不明らしい。

「まあ、別にかけなおせないわけじゃないから、都度上書きでかけなおせばいいんだけどね。いままではパーティがふたりきりだったから付与魔法をかける数も少なかったけど、これからはそのあたり、よく考えないと」

準は語る。同じ魔法をひとりに複数重ねた場合、最新の結果だけが反映されるという。

「あと、少しずつだけど、同じ魔法でもランクが上がるほど性能が上がるそうよ。だからフィジカル・アップやマイティ・アームはランク2になってからかけなおした方が……ああ、うん、それも知らなかった、と。巧くん、春名さん、何やってるの？」

巧と春名が準に向かって頭を下げ、両腕を上下させる謎の動きを始めたのを見て、準は眉根を寄せる。

「ゲーム神の準さまを崇め奉る舞いでございまする」

「そうでございまする。巧ちゃんと互いを崇め合う遊び、よくしていたわー」

姉弟から崇め奉られ、少女はジト目でふたりを睨んだ後、深いため息をついた。

「いいけどね。それにこれ、ゲームがどうのじゃなくてあのノートＰＣから情報を引き出すコツがあるってだけだから。いや、でもそうか。ＭＰとか持続時間とか、ゲームっぽいデータがある前提で質問しないとわからないか、コレ」

「そうそう。本当に助かるよ」

これは巧の本心であった。

自分と春名だけでは足りない部分があるとはわかっていたが、戦力としてだけでなく、知識や知恵としても足りないものがこれほどあるとは思ってもみなかったのである。

もう、ここまで得た知識だけでも、伊澄準という人物を仲間にした意味があったというものだった。

それはそれとして彼女の身体は春名の服で隠れているとはいえだいぶ男心を煽るし、春名の方からは時々、生暖かい目で見られているのだが……。

なるべくそのあたりは無視するようにして、話を続けることにする。

「注意しなきゃいけない魔法としては、春名さんの付与魔法、そのランク2、ブラッド・アトラクションね。武器にかけると武器の威力が上がって、しかも攻撃が当たると相手の生命力を奪う。強く思えるのだけれど、ふたりは使ってなかったわよね。何故か聞いてもいい？」

「あ、あのね。なんか、質問したら命の収奪、とか怖い単語が書いてあったから……」

春名が縮こまる。怖がる姉さんも可愛いな、と巧は思った。

「この部屋で、実際に試してみればいいじゃない。万が一、死にかけても、この部屋を出たら元通りなのは他と同じでしょう？　何ならあたしが攻撃を喰らう側になるわ」

「いや、さすがに喰らうのは男のぼくがやるよ……」

「じゃあ、やってみましょう。ちなみにこの魔法はランクにつき20秒から30秒だそうよ。いまだと最短で40秒、最大で60秒の持続ね」

実験した。

最初は春名が棍棒を手にして、ブラッド・アトラクションを棍棒にかけた。棍棒がどす黒い輝きを放つ。しかしそこで、彼女の手が止まってしまった。

「うう、巧ちゃんを叩くなんでお姉ちゃんできないよう」

「姉さん、頑張れ！　ファイトだ！」

「あなたたち、本当に見ていて飽きないわね」

準は腕組みして呆れる。

「あたしが替わります。春名さん、棍棒を貸して」

春名はおとなしく準に棍棒を渡す。

準が魔法のかかった棍棒を振って、巧の肩を軽く叩いた。巧は呻き声をあげ、準の身体が青白く輝く。

「少し叩かれたのに、びりっとする痛みが走ったな」

「あたしの身体が軽くなって……これは、ヒールと同じかしら」

数度の検証の結果、ブラッド・アトラクションにおける命の収奪、というのは大袈裟な表現で、攻撃した側の傷がヒールのように癒えるだけであると判明した。

加えて、叩いた相手は余計に痛みを覚える。

「ダメージアップの自己回復、ってところね。持続時間が短い以外はいい魔法じゃない。まあ、だからといってゲームじゃないんだから、被弾覚悟で突撃なんてやりたくないけど」

「そうだよねえ。お姉ちゃんも、一時的にでも巧ちゃんが傷つくのは嫌だなあ」

「でも、ぼくが盾にならなきゃいけない場面もあると思うんだよな。そういうときはいいんじゃないか」

そうして、彼らはひとつひとつ、魔法を検証していくことにした。

思った以上にさまざまな発見があり、準の鋭い指摘によって見聞が広がった。

白い部屋にはいくらいてもいい。

彼らは贅沢に時間を使って、細かい、本来なら無駄に思えるような部分まで調べていった。

そのうえで、準は風魔法をランク2まで一気に伸ばし、スキルポイントを1余らせたうえで、白い部屋を出る。

3人は元の場所に戻った。

巧　：レベル2　棍術2／治療魔法1　スキルポイント0
春名：レベル2　付与魔法2／偵察1　スキルポイント0
準　：レベル2　風魔法0↓2　スキルポイント4↓1

‡‡‡

風魔法のランク1、スリーピング・ソングは対象を浅い眠りに導く魔法だ。

下手をすると、倒れた衝撃で起きてしまうほど浅い眠りである、と質疑応答では説明されていた。

充分だった。相手の注意を数秒でも逸らせるなら、それでいいのだ。

そう割り切って、5体のオークに奇襲をかける際、準に使って貰ったのだが……。

「眠ったな」

「眠ったわね」

準がスリーピング・ソングをかけたオークは、地面にぶっ倒れてそのままぐーすか寝息を立てはじめた。

はたしてスリーピング・ソングの性能がそれだけ高かったのか、それともオークが特によく眠るのか、それはわからない。

とにかく、この魔法がやたらと有用だということが判明した瞬間である。

残った4体のオークたちは、眠った個体を叩き起こすこともなく、距離を詰めた巧に剣やら斧やらを向けてくる。

春名にさまざまな付与魔法をかけてもらった巧は、以前に増して機敏な動作でオークたちの攻撃をいなし、隙を見てそのうちの1体を左手のスタンガンで気絶させた。

そうこうするうち、端のもう1体がばたりと地面に倒れる。準の2発目のスリーピング・ソングだ。

これで、立っているのは2体。

この程度なら防御に意識を割く必要もなく、巧は右手の棍棒だけを使ってオークたちを追い詰めていく。

3発目のスリーピング・ソングが炸裂して、更に1体が倒れ、いびきをかきはじめる。巧は一対一となった後すぐ、そのオークの頭を棍棒でかち割った。

後は、作業だ。倒れているオークを順番に仕留めていくだけである。

「準ちゃんのおかげで、5体が相手でも楽になったわ。すごいのね」

「春名さんがオークを見つけてくれて、巧くんが相手をきっちり引きつけてくれるおかげ。それにしても、白い部屋で巧くんにスリーピング・ソングを使ったときは、ここまでじゃなかった気がするんだけど……」

むしろ巧は、襲い来る眠気に対して懸命に抵抗し、片膝をつきながらも耐えてみせたほどである。

「もしかしたら、ですけど。オークはこの手の魔法に対する抵抗力が低いのかもしれませんね。ゲーム的に考えると」

「抵抗力、なんてものもあるのか？」

「わからない。白い部屋で質問しても、オークのデータに関しては必ずノーコメントになるし……でも、状態異常系の魔法は抵抗される余地がある、とは回答されているから」

当たり前の話だが、白い部屋にオークはいない。

こればっかりは、実地で検証していく他なさそうである。

「ランク2のソニック・エッジっていう攻撃魔法を使う用意もしていたんだけど……。このぶんだと、MPは全てスリーピング・ソングにあてた方がよさそうね」

「ランク1だからランク2より劣る、なんてことはないんだな」

「序盤の小技みたいな魔法がずっと有効なゲーム、たまにあるのよね」

巧にはよくわからないが、春名も少しは思い当たるところがあるのかうなずいている。そういうものらしい。

3人になったことでレベルアップが大変になるかと思ったものの、逆に経験値を得る速度は加速しそうであった。

偵察スキルを持つ春名が語るには、オークの集団はあちこちで観測できる、しかしこれまで4体以上の場合はなるべく避けて通ってきたのだという。

これまでは無視してきた、あるいは避けてきた集団を狙うことができるのだから、楽になるのも当然ではあった。

次はオークが4体のところを、これまたスリーピング・ソングからの奇襲で簡単に仕留めていく。

まず1体倒したところで巧と春名がレベルアップし、相手を全滅させたところで準がレベルアップした。

全員がレベル3になったところで、白い部屋にて、改めて話し合いの場がもたれる。

「準さんは風魔法をランク3にする、でいいな」

「こっちとしては異存なし。インヴィジビリティが欲しいものね。そっちのふたりはどうするの？　ここでポイントを貯めておいて、レベル4になったときに棍術と付与をランク3にする手はあるのだけど」

「すごく悩ましい……」

巧と春名は揃って考え込む。

春名については、まず偵察スキルを上げることでどれほど効果が見込めるか不明である。

前回の終盤に出会った黄肌のオークは春名の偵察スキルがランク1の状態では感知できなかったことを考えるといずれはランクを上げる必要があるのだが、それがいまか、と言われると非常に難しい。

なにせ赤肌のオークと戦っている限りは、感知性能としても隠密性能としても充分なのだ。

短期的には無駄な投資に思えてしまう。

巧の治療魔法についても、現状、ランク1で不足を感じていない。

ランク2で手に入る魔法は毒の治療、病気の治療、簡易な盾、死霊に対する攻撃魔法というもので、このうち有用なのはフラワー・コートという名称の簡易な盾くらいのものだろう。

とはいえこのフラワー・コートという魔法は対象を桜色の霧で包み、その霧が相手からのダメージを減衰させるというものだ。厳しい戦いでは有用なのだろうが、いますぐ狩りの効率が上がる、というものではない。

「結局、ぼくも姉さんも、ポイントを貯めておくってことでいいかな」

議論の末、全員が異議なしとうなずいた。

これまでの周回で一度も達成していないレベル4であるが、この戦力であれば到達はさほど難しくない、と思えるのである。

それほどに、準の加入、ひいては風魔法が強かった。というかスリーピング・ソングが存外に無法な性能であった。

「さて、後はこれからの行動だけど。章弘を探しに別棟に向かう、でいいかな」

「お姉ちゃんは賛成！」

「あたしも構わない。でも、まずは別棟がどうなっているか確認してから、ね」

別棟は比較的最近の建物だから、地震で倒壊している可能性は低い。

とはいえ、オークの襲撃はあっただろうし、はたしてどうなっていることやら。

いくつか打ち合わせをした後、一行は白い部屋を出て元の場所に戻る。

巧　：レベル3　棍術2／治療魔法1　スキルポイント2

春名：レベル3　付与魔法2／偵察1　スキルポイント2
準　：レベル3　風魔法2↓3　スキルポイント3↓0

別棟は本校舎から徒歩で数分、林を抜けた先にある建物だ。

本校舎が手狭になり、また学園の電子化推進に伴《ともな》うＩＴ関係の諸々を詰め込む建物が必要になったため、数年前に新しく森を切り開いて建てられた。

故に普段の行き来は不便なものの、施設としては充実しており、またセキュリティもしっかりしていて登録された生徒しか入館できない。

巧は登録していないが、春名は生徒会の仕事の関係もあり登録済みで、準も何かの機会に登録していたという。

「電気が止まってる今は、たぶんセキュリティとか関係ないと思うけど。うん、そもそも正面のドアが破壊されているね」

それはそうだ、と巧は木陰から顔を覗かせ、周囲を観察する。

予想した通り、別棟のまわりにはオークの姿があり、破壊された扉のまわりには瓦礫の他、多くの生徒と教師の死体が転がっていた。

地震に際して建物の外に避難したところをオークの群れに襲われた、というあたりだろうか。

建物の二階、三階のガラス窓には損傷が見られない。

対して一階のガラス窓はその多くが内側から破壊され、ガラス片が周囲の地面に飛び散っていた。

破壊したのは果たして、脱出しようとした生徒だろうか、それとも内部に突入して暴れまわったオークだろうか。

どちらにしても、上の方の階であれば、まだ生存者がいる望みはある。

「インヴィジビリティとサイレント・フィールドで透明人間になって足音を消す。その状態で侵入、なわけだけど……。これ、正面玄関より、適当な部屋の割れている窓から入った方がいいか？」

「それでいいわ。サイレント・フィールドの効果範囲は半径3メートルだから、あまり離れないでね」

準は適当な小枝を拾った。これにサイレント・フィールドをかけ、必要がなくなったら捨てるのだという。

場合によっては扉の前などの通行の要衝にこれを置いておくことで、音の障壁をつくり、内部でいくら暴れても外に音が漏れないようにする。

よくこんな小技を思いつくものだ、と巧と春名は感心するのだが、準は「ゲームで見たことがあるの」と返す。

なるほど、ゲームというのは奥深いものであるらしい。

準はインヴィジビリティをひとりひとりにかけた後、ふと「ところでこれ、お互いの位置がわかるかしら」と呟く。

巧が、あっ、と声をあげた。完全にその点を失念していたのだ。

「巧ちゃんは、お姉ちゃんの手を取って。お姉ちゃんは準ちゃんについていくわ」

なるほど、偵察スキルか。春名の機転に感謝し、改めて準がサイレント・フィールドを小枝にかけた。

周囲の音が、消える。

小鳥のざわめきも、風で枝葉がこすれる音も、周囲の者たちの呼吸音も、まったく聞こえなくなる。

巧はひどく焦りを覚えた。握った春名の手にちからがこもる。そのぬくもりのおかげで、なんとか正気を保つことができた。

春名が歩き出す。準についていっているのだろう。巧は転ばないように気をつけ、慌てて追いかけた。

インヴィジビリティによる透明化は、激しく動いたり、同じく透明化されていない者と接触したりすると切れてしまう。

戦闘は当然のこと、焦って走ったりはもっての外だ。

幸いにして、オークはこちら側には近寄って来なかった。入り口近くと林のそばをうろうろしている集団がいるだけだ。

一行は順番に割れた窓を乗り越え、館内に侵入する。

何かの倉庫として使われていたとおぼしきこの部屋は、オークによって荒らされていた。床にCDなどの記録媒体とコピー紙が散乱し、その上に男子生徒ふたりの死体がある。

オークの姿はなかった。窓から出ていったのか、それとも別室へ向かったのか、そこまではわからない。

春名がインヴィジビリティを解除したので、巧と準もそれに習う。準は小枝を窓の近くに置き、サイレント・フィールドの範囲から外れた。姉弟もそれに続く。

「廊下に敵の姿はないみたい」

春名が告げた。巧はひとまず安堵《あんど》する。

「わたしが生徒会にいた頃の記憶だと、ここはエレベーターと階段があるんだけど……」

「どうせエレベーターは止まっているよね。階段一択じゃない？」

「エレベーターのドアを開けられるなら、ハイ・ジャンプで二階まで飛びあがるという手もあったり」

準の意見に、巧はなるほど手を打った。

ハイ・ジャンプは風魔法のランク2だ。跳躍力を大幅に増加させる、という、普通に考えるとあまり役に立たない魔法である。

いや、役に立たないと思っているのは巧だけかもしれないが、言われてみれば通常では通れない場所を通るような移動手段としては、かなりアリだ。

「階段は警戒されているでしょうからね」

「オークにそんな知恵があるかな」

「そこは、わからないわ。でもお姉ちゃん、警戒するに越したことはないと思う」

我が姉はいつも正しいな、と巧は胸を張った。

「何であなたが胸を張っているの？」

と準がジト目で睨んでくるが、いさぎよく無視する。

エレベーターは一階に止まっていた。中を覗き込むが、箱の中には誰もいない。

適当な椅子を持ってきて、それに乗って天井の戸を開き、全員でエレベーターの屋根に上がる。

準が春名にハイ・ジャンプをかけた。春名はその場から跳躍し、一気に二階の扉の前まで到達してみせる。

「凄いジャンプ力だな……」

「ええ。魔法、本当にすごいわね。付与魔法で余計に強化されているというのもあるのかもしれないけど」

全員、常時フィジカル・アップとマイティ・アームをかけっぱなしだ。

既にこれを常時貰っている状態に慣れてきてしまっている。筋力と脚力が、それぞれ二割ほど上昇している。

春名は少し耳を澄ませたあと、非常用のロックを解除して二階の扉をこじ開けた。エレベーターの先の廊下を確認し、下のふたりに手を振ってみせる。

次は巧が、最後に準が跳躍して二階までたどり着いた。

二階の廊下は閑散としていた。左右に並ぶ扉はすべて締め切られ、春名によれば物音ひとつしないという。

一階に続き、この二階でもオークの気配はないということだ。

対して三階では物音がするらしいから、誰かがいることは間違いない。

あいにくと、それが生き残りの生徒や教師によるものなのか、それともオークによるものかはわからないが……少なくとも戦闘が起こっている様子はないとのことだ。

「ちょっと気になることがあるから、確認してくるね。巧ちゃんたちはここで待っていて」

とふたりをエレベーターの前に残し、春名はひとり、足音を忍ばせて階段に向かった。階段の上下の様子を覗いて、すぐに戻ってくる。

「階段の中二階に設置された防火用のシャッターが落ちているわ。これのせいでオークが上に来なかったんだと思う」

「その程度で、オークたちは上に行くことを諦めたのかな」

「シャッターという概念が理解できないと、そこで行き止まりだと思っちゃったとか？」

準が冗談めかして口にするが、案外それが正解かもしれないな、と巧は思った。

誰がやったのか、あるいは地震で勝手にシャッターが落ちたのか、それはわからない。

いずれにしてもシャッターを上げることなく現在の状態を維持しているのだから、冷静に対処できた者が上階にはいたのだ。

ほぼ確信を抱きながら、巧たちはあえて足音を立て、階段を上って三階に到達した。

緊張し、武器を携えて待ち構えていたひとりの生徒が、階下から顔を出した巧の姿をみて、安堵した様子でその場にへたりこむ。

撫で肩で、華奢《きゃしゃ》な身体、中性的な顔をした少年だ。

身長163センチ、体重45キロと小柄ながら、スポーツに秀でていてさまざまな部活で引っ張りだこの高等部一年生。

そして、巧の親友。

真壁章弘が、そこにいた。

知り合いの情けない顔を見て、巧は「やあ」と笑いかけた。

「無事でよかったよ、章弘」

「おまえらこそ、何で無事だったんだよ、巧……」

章弘が、語る。

「おれは地震の時、この三階のいちばん奥、電算室にいた。で、地震の後、いったんは外に避難したんだ。でも揺れが収まった後、ちょっと気になって三階に戻ってね。電算室で用事を済ませて廊下に戻ったら、何だか外が騒がしい。窓の外で、何かこう、化け物が生徒を殺していた。これはまずい、ってなって、非常用のマニュアルを思い出して、シャッターを落とした。その時は、おれの他にも数人の生徒がいたんだけど……。みんな、しばらくしたら外の様子が気になるって言って、少しだけシャッターを上げて外を見に出ていっちゃった。その後のことは、わからない」

巧が外の様子を語ると、少年は苦笑いして「そうだよね。ゾンビものの定番だもの」と肩をすくめてみせる。

「これはゾンビというより異世界転移かな。屋上から外を眺めてみたよ。この山から見下ろせるはずの街が、一面の草原に変わっていた」

「章弘はそういうの、詳しいのか？」

「少しはわかるよ。ああ、嘘。実はけっこう好き。ゲームでも、ラノベでも。でも現実では勘弁かなあ」

それはもっともだ、とその場の全員がうなずく。こんな状況で喜べる者はよほどの馬鹿だけだろう。

今度は巧が説明する番だった。もう面倒なので、ループの件も含めて話してしまう。親友の少年は、しきりに考えながら話を聞いていたが、白い部屋、という要素を聞いて、詳しいことを根掘り葉掘り聞くことは後まわしにしてくれた。

「もちろん、おれのこともレベルアップさせてくれるんだろう？」

「そのつもりだ。章弘が良ければ、だけど」

「選択肢はそこにないよ。生き残るためには、やるしかない」

それはそうだ、と巧はうなずく。

「でもその前に、ここから持ちだすものを用意した方がいいね。特にバッテリーの充電器。実は、何かに使えるかと思って、ある程度はバッグに詰めてある。そのスタンガンがあれば、巧なら万が一、と思ってたからね」

「ちょっと待って、真壁くん、スタンガンのこと知っていたの？」

「あれを学園にこっそり持ち込んだのは、このおれなんだよ？」

準が呆れ顔になる。

組織的な校則違反の発覚の場であったのだ、無理もない。

「いったい、どうやったのよ……。ああ、やっぱりいい。いま聞くべきことじゃない」

「わかってくれて、嬉しい。さて、他に必要なものって何かあるかな」

「できれば食料と水。後はサバイバルキットとか、工具とか」

「油で動かす発電機は……いちおう用意したんだけど、ちょっと重いな。諦めよう。巧、どこで夜を明かすか、考えている？」

「ここはさすがにオークが多すぎるから、山の上の方の小屋を見繕うつもりだ。強敵が陣取っているけど、逆に言えば、そいつを倒せば一夜を明かすことができる気がする」

「じゃあ毛布も一応、持っていくか」

巧と真壁のふたりで手際よく荷物を選別し、大きな袋に詰め込む。その上で、4人揃って屋上に上がった。屋上から見下ろせる限りでは、北側の一面だけオークの姿がない。

「よし、ここから飛び下りる。ソフト・ランディングだ」

風魔法のランク1、ソフト・ランディングは落下の際にだけ効果のある魔法だ。落下速度が大幅に落ち、ふわふわと怪我《けが》無く落ちることができるようになる。

とはいえ、ぶっつけ本番だ。

いささか怖い。こういう時、率先するべきは男の自分だと巧は勇気を振り絞って初手に立候補した。武器スキル持ちの自分が周囲を警戒した方がいい、という事情もある。

「姉さん、ぼくのことを信じていてくれ」

「もちろんだよ、巧ちゃん。がんばれ、がんばれっ」

「あーはいはい、もういいから。行ってきなさい」

投げやりな準の声。巧の全身が、淡い薄緑色の光に包まれた。意を決して、目をつぶり、屋上から宙に身を投げる。

落下の加速を、ほとんど感じなかった。

おそるおそる瞼を持ち上げれば、木の葉のように揺らめきながらゆっくりと落下していく己の姿が二階の窓に映っていた。

着地すると同時に、薄緑色の光が消えた。魔法の効果が切れたのだ。

顔をあげて、手をおおきく振る。

すぐに春名が飛び下り、真壁が続いた。

最後に、スカートを押さえて準が下りてくる。

春名が「巧ちゃん、真壁くん、こういうときは他のところを見ていましょうね」と笑顔で告げる。ふたりは揃って、あらぬ方を向いた。春名から強い圧力を感じる。

着地した準は「こんなときだもの。多少見られても気にしないわよ。それより、命の方が大事」と平然としている。

「それより、さっさと真壁くんをレベルアップさせましょう」

段取りは、準の時と同じだった。春名が適当なオークの集団を見つけ、それを強襲して無効化する。

今回は4体の集団だった。バッテリーの目処がついたからには遠慮なくスタンガンを使い、準のスリーピング・ソングも併せて全て昏倒させてみせる。

その後、章弘に釘打ち機を渡して、そのうちの1体を殺害させる。彼は少し躊躇《ためら》ったものの、指示通りオークの首に釘打ち機の先端をくっつけ、引き金を引く。

青い返り血にもひるまず、最後まで相手を殺しきってみせた。

彼がレベルアップした後は、準の時のように、もう1体の気絶しているオークを始末させる。一回は仕留めそこない、オークが暴れて少年の軽い身体が吹き飛ばされた。慌てて、巧がヒールでその身体を癒やす。

「すごいな、ますますゲームみたいだ」

幸いにして、真壁章弘という男は乱暴な打撃をくらってもひるまなかった。

普段、剣道部や柔道部に顔を出しているおかげ、なのだろうか。今度こそ、と闘志を剥き出しにして釘打ち機を握り直し、悶えるオークを仕留めてみせる。

「あと1体で、おれもレベルアップか」

「ここでパーティを組むわけよ」

「何で伊澄さんがドヤ顔なの？」

「あたしのこと、準でいいわよ。あなたのことも章弘くんって呼んでいい？」

「みんな名前呼びなんだね。じゃあこれから、春名さんも章弘って呼んで？」

異存はない。改めて互いの名を呼んだあと、さっさとパーティを組み、残る2体を手早く始末する。

その後、近くに5体の集団を見つけ、これもスタンガンとスリーピング・ソングを組み合わせ、そのうちの2体を手際よく始末した。

白い部屋に4人で赴く。

巧たちからひととおりの説明を受けた章弘は、「なるほどね」と呟いた。

「そもそも、おれの居場所がわからなかったのか。ごめんね、手間をかけさせちゃって。それでも探しに来てくれて、嬉しいよ。正直、三階に立てこもったのはいいけど、その先はもう逃げる場所もなくて、詰んでいたわけだし」

「あそこに立てこもっているわけにはいかなかったか？」

「夜になったら、さすがにね。それに、犬の遠吠えみたいなのも聞こえたし。オークがそういうのを飼っているなら、隠れていても見つかる気がした」

「遠吠え……。あの黒い犬、か？」

巧は一度、黒い大きな犬に殺されている。そのときのことを思い出し、身を震わせた。

「こっちにもいるなら、注意しないとな……」

「少しでも役に立ててよかったよ」

章弘はにっこりとする。花が咲いたような笑みだった。

「こいつ、この笑顔で女の子落とすのよねえ」

「準さん、人聞きが悪いなあ。そんなつもりはないよ」

「あなたになくても、相手にはあったの。まあ、いいわ。どうせみんな……。ごめん、こんなこと言って」

準は、気をとり直すようにぱんぱん、と手を叩く。

「それでね。章弘くん、あなたはあたしよりゲームに詳しい。そうよね」

「どうだろう？　ソシャゲとかコンシューマは準さんの方が詳しいと思う。でもPCゲームはおれだね。今日、電算室にいたのも翻訳アプリの最新版をダウンロードするためだし。あそこ、高速回線が入っているから」

巧は、よくわからないことがよくわかった、とちから強くうなずいた。残る3人は、あっ、こいつ理解してないな、という顔になる。

「そのあたり、準さんは知ってたの？」

巧が訊ねる。準は首を横に振った。

「あそこで章弘くんの仲間が何かやってる、ってことだけ。てっきりエッチなゲームをダウンロードしているんだと思ってた」

「そっちは忍者の管轄なんだよね」

章弘の言葉に、残る全員がきょとんとした表情になる。冗談、なのだろうか。よくわからない。

「まあ、そのへんは関係ないよね。それで、巧と春名さんは、ゲーム的なこのシステムの分析にはゲームの得意な準さんが頼りになりそう、と思った。で、準さんは、それより真壁章弘って奴がいるよ、と言ったわけだ」

「だいたい合ってるわ」

「さっきも言ったけど、そこまで詳しいわけじゃない。でもこんな状況だから、ひとつひとつ検証はしていきたいよね」

　というわけで、今度は4人揃ってのシステム検証が始まった。

　いくら時間をかけてもいいのだから、大きなところはレベルアップのシステムから、細かいところではひとつひとつの魔法の挙動に至るまで、章弘が疑問に思ったことを片っ端からノートPCに質問していく。

　答えがない、というのも意味のある答えだ。

　そのうえで、現在取得している魔法についても再検証して、いくつかは知識のアップデートに成功する。

「例えば、治療魔法ランク1のピュリファイだけど」

　章弘はメモを片手に集めた情報を語ってみせた。

「一立方メートルの範囲に存在する水や食料を浄化する魔法、ということになっている。でもじゃあ、浄化とは何か、浄化する対象は水と食料だけなのか、と突き詰めて訊ねてみたら、意外な返事が来たんだ。具体的には、毒や汚染されたものを清浄にする、とかいう返信がね……」

「汚染に、清浄？」

準が腕組みして首をひねっている。巧は、ふたりがいまの言葉のどこに引っかかったのかよくわからなかった。

「うん、汚染、だ。どうも汚染状態、というものがシステム上、存在するらしい。どういうものを汚染と判断するのか、適当に当たってみた結果、死霊による呪いは汚染の一種である、ということが判明した」

「死霊、呪い」

これには、巧と春名も絶句した。

いやまあオークがいるのだから死霊がいてもおかしくはない、のかもしれない。

魔法があるのだから、呪いがあってもおかしくはないのかもしれない。

とはいえ、まったく何の手がかりもないところからQ&Aでここまでの情報を引き出す章弘の手腕には、やはり舌を巻かざるを得なかった。

「別に、手がかり皆無から得た情報じゃないよ。同じ治療魔法のランク2にホーリー・サークルという、聖属性で清浄な領域をつくり出す魔法がある。これには、死霊をおとなしくさせる副次効果も記されていた。ここから、清浄と死霊は、システム側の認識する単語なんだとわかる」

「それは……そうね。治療魔法のランク3にはホーリー・ボルトがある。聖属性の攻撃で、死霊に特攻。そのあたりを考え合わせれば、ランク1にも死霊に効果のある魔法があっても何もおかしくなかった。言われてみれば、だけど」

準が唸る。巧と春名は、ぽかんとするしかない。

一事が万事、このような感じで、章弘はシステムをたくみに解析してみせた。

「それと、いくつかマンチできそうな項目があるね」

マンチとは何だろう、食べ物ではない気がする、と巧は思った。

「というかさ。スリーピング・ソングがそれだけ強いなら、ハイ・ジャンプで樹の上かどこかに陣取って、そこから撃ちまくれば安全に勝てたんじゃない？」

戦術案も出てきた。ずるい戦法だなあ、と巧は思ったが、オークを相手にずるいも何もないなと考え直す。

「おれが取得するのは武器スキルで、それの一本伸ばしでいいかな」

「それがいいと思う。やっぱり剣術か？」

「剣道の経験が役に立つかはわからないけど、それが無難かな。あとは投擲《とうてき》とかも実は強い気がするけど……まあ、博打になるね」

無難に、章弘のスキルは剣術をひたすらに伸ばすこととなった。

現在、彼のスキルポイントは4ポイントあるから、ひとつのスキルを一気にランク2にできる。

「もちろん、スリーピング・ソング頼りの戦術は危険だよ。特に、これまで巧が出会った上位のオーク、黄肌に青肌あたりには赤肌ほど効かない可能性が高いよね。黒い犬とかも無理そう。それに、もっと上位のオークがいる可能性もある。ううん、多分、絶対にいる」

「章弘、その根拠はあるのか？」

「だって質疑応答の時点でランク9までの魔法が明らかになっているんだよ？　このシステムを設計した人、絶対にそこまでの敵は考えているはずでしょ。これがゲームだったら、の話だけど」

全員が唸ってしまった。そこまでは考えていなかったが、確かに、いま存在するオークだけを倒して、それで終わりではないだろう。

その先の、ずっと先。

スキルをひとつランク9にするためには、最低でもスキルポイントが45ポイント必要だ。つまり、レベルは23。他のスキルに寄り道した場合、必要なレベルはもっと増える。

4人パーティで、ただ赤肌だけを倒し続けた場合、ざっと1100体以上の討伐が必要だ。

この山に、果たしてそれだけのオークがいるというのか。オークと黒い犬以外の未知の敵がいるのか。それだけのちからが必要な敵が。

その戦いの果てに、何が待ち受けているのか。

自分たちの前途に待ち受けている困難の大きさを考えると、眩暈《めまい》を覚えてしまう。

「朗報もあるよ。これも質問してみたことなんだけど、いくらレベルが上がっても、オークを相手に同じだけの経験値を得られる。赤肌だけを倒してレベル１００を目指すことも可能だってさ。それまでにこの山にはびこるオークが全滅しないか、という話は別問題として。後、レベル１００の人とレベル１の人がパーティを組んでオークを倒しても、レベル１の人はレベルアップできるそうだ」

これにも巧はきょとんとしていた。章弘が何を言っているのかわからない。春名も同様だ。

だが準は「パワーレベリング対策はない、ということね」と章弘と共に納得している。

「どういうことだ？」

「レベル１になる人の数を増やせば増やすほど、後々は有利ってことさ、巧。ひとりでも多くの人を生かして、後の脅威に備えるのが最適解かもしれない。まあ、難しいだろうけどね。何より、皆が一致団結してことに当たれたらという前提での話だ」

「誰か教師に任せて、リーダーシップを取って貰うのは、どうなのかしら」

準のその言葉に、巧と春名は苦虫を噛み潰したような顔になる。

準は、彼らが言っていた部活棟での出来事を思い出したようだ。苦笑いして首を横に振った。

「うちの先生方、聖人君子といった人はあまりいなかったものね。そういう人が生き残っていればいいけど……」

「そういう人から順番に死んでいくんじゃないかな」

章弘の言葉に、皆がうなずく。

清廉潔白な大人ほど、生徒を守って戦うに違いない。

そして、そんな者は長生きできない。今回、巧たちがこの時間まで生き残れているのも、上手く逃げ隠れして、倒せる敵だけを確実に仕留めるという戦術を用いているからだ。

それに、レベル1になるハードルも高い。

巧と春名の場合、ループの度にスタンガンや釘打ち機という強力な武器を用いているからこそ、比較的楽にレベルアップができていた。

地震の時、普通に校舎の近くにいた者たちがレベルアップするには、どれほどの蛮勇と幸運が必要だろうか。

「もう夕方だ。今日はもう、山小屋周辺を掃討して一泊する時間しかない。明日以降、どれだけの人が生き残っているかはわからないけど、いちおう頭に入れておいてくれ」

章弘の示唆《しさ》は、彼がいない場合も想定してのもののようだった。巧は少し考えて、次以降のループがあったとして、その場合、必ずしも彼を助けにいかない、いくことができない場合も考慮しているということだと判断する。

「もしこれで失敗したとしても、次も必ず、章弘、きみを助けにいく。だから、今後のことはその時に教えてくれ」

「そうだね。是非、頼むよ。まあ、それはそれとして、いまのおれは死ぬつもりなんてないけど」

章弘は快活に笑った。

章弘の剣術スキルを2にして、白い部屋から出る。

巧　：レベル3　棍術2／治療魔法1　スキルポイント2
春名：レベル3　付与魔法2／偵察1　スキルポイント2
準　：レベル3　風魔法3　スキルポイント0
章弘：レベル2　剣術0→2　スキルポイント4→1

パーティの人数が増えたことで、オーク1体からひとりあたりが得る経験値は余計に増加している。

具体的には、巧と春名がレベル4になるためには、あと8体、オークを倒す必要があった。

それも時間をかければ問題はないだろうが、間もなく日が暮れる。

既に空は赤く焼け始めていた。

「山を登りながら、山小屋を目指すよ。その過程で近くにいるオークの部隊を潰す。青肌と戦う前に、せめてぼくと姉さんだけでもレベル4になっておきたい」

山道を先頭に立ち、巧が告げる。

春名が周囲を索敵しているから、先に敵を見つけるのはこちら側、という確信があった。

いまは章弘もいるから、後衛の春名と準を守ることも難しくない。

巧は前回のループで、春名と準が矢で殺された時のことを思い出していた。

あれは逃走の際であったが、いずれにしても多数のオークを相手にする場合、避けては通れない問題だった。

今回、章弘の加入により、前線に厚みが出た。より積極的に仕掛けることができるようになった。

スタンガンと棍棒を握り先頭を歩く巧の少し後ろに、釘打ち機を手にした春名がつく。

そのすぐ後ろを無手の準が歩き、最後尾がオークの剣を握った章弘、という隊列だ。

この隊列を提案したのも章弘である。いざ戦いともなれば、すぐに中列を追い抜き、先頭の巧に追いつける距離。それがベストであると。

「春名さんが警戒してくれるなら大丈夫だとは思うけど、念のためだよ」

という彼の言葉はまったく正しく、誰からも反対は出なかった。

その彼が、ある程度、山道を登ったところで振り返り、ふと呟く。

「煙だ」

全員が、彼の指差す方角を眺めた。ちょうどこの場所から、校舎のある一帯が見下ろせたのだ。幾筋かの煙が、立ち上っていた。

ひとつは女子寮のあたりから、もうひとつは男子寮のある一帯から、そして部活棟のあたりから。

「あのあたりでは、いまも戦いが行われているのかもしれない」

「オークが集まっているのか」

「そこまでは、わからないよ。時間があれば、持ちだしたドローンで偵察もできるんだけどね」

そういえばドローンもあったな、と巧は思い出す。

章弘がこっそり学園に持ち込んだものを巧が整備とビルドアップしたものだ。時々、こっそりとふたり、森の中で動かしていた。

いま思い返せば、楽しい日々だった。きっと、もう二度と戻って来ないだろう日々。

「巧ちゃん、山小屋のあたり、ドローンで偵察できないかな」

ふと、春名が訊ねてくる。

「できるけど、もう少し近づかないと駄目だ。カメラの性能があまりよくないから、できれば目視できる範囲で使いたい」

「そっか。じゃあ、少しまわり込まないとね。あ、そこで一度、茂みに入って」

春名の指示で、皆が道を外れる。

すぐ先にオーク3体の姿があった。巧と章弘で突っ込み、手早く全滅させる。

章弘は、スキルを用いての実戦でも上手く立ちまわってみせた。まわりの木々が邪魔なこの場では剣を振るうのではなく突きを重視し、確実にオークを一体、仕留めてみせる。

「予備の剣もあった方がいいね」

と倒れたオークが手にしていた剣を奪って、少年は軽くそれを振った。

彼の鋭い刺突《しとつ》は、オークの胴を簡単に貫き、オークが消滅するまでその身体に深く埋まったままだったのである。

剣術スキルのちからはたいしたものだが、それを振るう側にも、相応の立ちまわりが求められるということを、彼はいま、実戦で学んでいる最中なのだった。

「おれ、別に剣道部ではそんなに上の方じゃなかったんだけどね」

「それは一年生で、の話だろ。先輩に交じって練習試合に出てたじゃないか」

「そのあたりは、将来に期待されていたんだろうね。一年生の新入部員が少ないって嘆いていたから、掛け持ちのおれなんかにも出番がまわってきたってこと」

そう謙遜するが、巧はこの親友が何をやらせてもある程度のラインまでは器用にやってみせることをよく知っている。

その、ある程度のラインというのが弱小剣道部においては主将クラスであることも。

そして、章弘本人としては、自分がどうしてもそこ止まりで、何をやっても一流と呼べるクラスにはならないことがコンプレックスであることも巧は知っていた。

それは他人が聞けば、さぞ贅沢な悩みなのかもしれない。

持つ者と持たざる者。それぞれに立場があり、幸せについての解釈がある。ただそれだけのことだ。

巧は春名が笑っていれば、それで幸せだった。それが他人からどう見えるかなんて関係がない。

そんな巧だから、いつもいっしょにいて気が楽なのだと、かつて章弘はそんなことを言っていたように思う。

そもそも巧が機械いじりを趣味とするようになったのは、章弘の影響である。

章弘の使っていた目覚まし時計が故障し、それを巧が修理した。巧としては、昔から彼の家にはモノが少なく、壊れても母が買い替えてくれなかったから、仕方なく見よう見まねで修理していただけのこと、その延長線上である。

しかし章弘は「きみにはそんな才能があったんだね」と巧をいたく褒めたたえた。その時のふたりは顔見知り程度の間柄であった。

章弘は巧に、学園のあちこちにあるがらくたを見せてまわった。

壊れたきり修理もされず、放置されている古いラジオや、ブラウン管のテレビ。そういったものをいじっているうちに、巧はますます、機械と戯れるのが好きになっていった。

章弘は、学園内で顔が広かった。

彼を通じて、どこからともなく壊れたラジコンやドローンといったものが持ち込まれ、巧はそれの修理も次第に覚えていった。

学園側としては持ち込み禁止にしているものも沢山あったが、知ったことではなかった。

修理屋、という名前が裏で広がっていった。

しかしその修理屋が巧であることは秘匿されてきた。

巧が、それを嫌がったからだ。生徒会に入った春名の迷惑になりたくなかった。章弘もそれはわかっていて、だからこそ秘匿に協力してくれた。

道なき道を進みながら、章弘はそんなことを準に説明した。

「修理屋、って話は耳にしたことがあったんだけど、その正体が巧くんだなんてこと、全然知らなかった。春名さんは、承知していたの？」

「お姉ちゃんは、もちろん巧ちゃんのことで知らないことなんてありませんとも！」

えっへんと胸を張る姉は世界一可愛い、と巧は思った。

「準さんには意外かな？　でも春名さんは、身内には甘い人だから」

「うん、真壁くん。それは今日だけでもよくわかった」

「お姉ちゃんは、お姉ちゃんというだけで無敵なのです！」

まったくである。無敵だ。

巧は思う。姉だけでも無敵なのに、いまはいちばん後ろを章弘が守っている。もっと無敵だ。これまでの周回ではありえなかったほど、いま巧は万能感に包まれていた。

更に5体のオークを春名が発見し、先制攻撃で屠る。

こちらでは、準がハイ・ジャンプで樹上の太い枝に登って、敵が近づいたところでスリーピング・ソングから入って相手を混乱させたところに巧と章弘が突入するという戦術で完封してみせた。

巧と春名がレベルアップする。


白い部屋にて。

「風魔法、本当に強いな。この分だと、他の魔法も検討した方がいいんだろうか」

巧が素直に感想を述べる。

「そうじゃないよ、巧。風魔法を活かせるだけの戦闘力がこのパーティにあるからだ。たぶんだけど、ぼくが前列に加わったことで、余計に風魔法が強く感じられるようになったんじゃない？」

「それは……そうだな」

少し考えて、巧は章弘の意見に同意を示した。

「もちろん、春名さんの付与魔法も、前衛がふたりになったおかげで効果が倍増している。安定して狩れている理由じゃないかな」

「そうだね。お姉ちゃんが前に出なくても巧ちゃんが安心なので、章弘くんさまさまです」

当然、戦闘の際には春名の付与魔法がふたりにかかっていた。

以前は手が足りず、春名まで槍で戦っていたのに比べれば、戦線の安定は著しい。

人数を増やすことのメリットを、一行はいま最大限に享受していた。

もちろんそれは、準と章弘のふたりが巧たちにとって充分に信頼できる相手である、という前提がある。

安易に人を増やすのはまた話が変わってくるというのは、巧もよく理解していた。

「それと、ちょっと確認したいことができた」

章弘がノートPCの前に座り、キーボードを高速で叩く。質問と、その回答が何度か繰り返される。

「うん、やっぱり。攻撃魔法には、大雑把に分けて二種類あるんだ。必中するやつと、術者が狙いをつけるやつが」

「必中？　必ず当たるってことか？」

「そうそう。準さんのスリーピング・ソングを見ていて思ったんだよね。かなり角度がきわどいところからでも、相手を視認していれば目標にできる。じゃあ、そうじゃない魔法もあるのかなって。例えばランク2のソニック・エッジ、ランク3のライトニングなんかは、銃みたいに狙いをつけて準さんが命中させる努力をしないといけないんだってさ」

章弘は嬉しそうに、質疑応答の結果を語った。

準も、自分が使っていた魔法に関するこれらの詳細は知らなかったのだろう、目を丸くして驚いていた。

実際のところ、巧にはその二種類にどんな意味があるのかわからない。

必中の方が強いんだろうな、と思うくらいだ。

しかし章弘の話は、その先にも及んだ。

「必中の魔法には、デメリットもある。相手に抵抗されて、まったく効かない可能性があるらしい。たぶん、オークはその、精神の鎧みたいなもの……仮に魔法抵抗と呼ぶけど、その能力がものすごく低いんじゃないかな。あるいは、赤肌だけのデメリットかもしれないけど、とにかく本来は魔法抵抗によって阻止されることがある、という仕様らしい」

「んー、つまりライトニングの場合は、銃を撃つみたいに当てる努力がいるけど、そのかわり魔法抵抗とかは関係ない、ということかしら」

準の言葉に、章弘がうなずく。

「もちろん、電撃そのものが効かない、あるいは効きにくい相手はいるらしいよ。魔法そのものが効きにくい相手も。レジスト・ウィンドがかかっている場合とかね」

レジスト・ウィンドは風魔法のランク2だ。風魔法全般に対する抵抗力を得るという。

こういった各属性への対抗魔法が、それぞれの属性に存在する。

それとは別に、付与魔法のランク4にはレジスト・エレメンツという指定した属性への抵抗力を得る魔法があることを巧は知っていた。魔法を防ぐ方法は豊富に用意されているということだ。

逆に考えるなら、敵が魔法を使って来る可能性も考慮するべきということであろう、と章弘は続ける。

「狙いをつける魔法と、必中の魔法。つまりこれは、どっちが有利、とかじゃなくて、本来は状況によって使い分けるもの、ってことだね。頑張って、準さん」

「ますますゲーム的ね……」

「ゲーム的だから、巧とか春名さんよりは準さん向きなんだよね」

はっはっは、と巧は笑う。ひどい言われようだが、いっさい反論ができない。

「そもそも、この状況でぼくや姉さんが別の魔法を取るのはリスクが大きい、よね」

「当然だよ。ここはふたりとも、棍術と付与魔法を3に伸ばすこと一択。巧から聞いた青肌相手には、それでもけっこう厳しいんじゃないかな」

ついに、レベル4。

これまでの周回で巧が一度も達成できなかったレベル4である。

武器スキルをランク3にできるのも、今回が初めてだ。

人数が増えれば、倒すべきオークの数が増える。

にもかかわらず、こうも短時間で巧たちはそれを達成してしまった。

これまでは避けざるを得なかった数のオークが相手でも充分に瞬殺できているから、というのがその理由だ。現状、周囲は敵だらけ。戦うちからさえあれば、敵を見つけることは容易い。

戦力を増やすメリットの方が経験値が減るデメリットを上まわっている。

「それじゃ、いよいよ山小屋の近くに出る。適当に安全な場所を見つけて、ドローンを飛ばそう」

白い部屋で、この先のことを再検討した。

巧は棍術を３に、春名は付与魔法を３に上げ、元の場所に戻った。

巧　：レベル４　棍術2→3／治療魔法1　スキルポイント4→1
春名：レベル４　付与魔法2→3／偵察1　スキルポイント4→1
準　：レベル３　風魔法3　スキルポイント0
章弘：レベル２　剣術2　スキルポイント0

ランク別【風魔法】一覧

風魔法ランク1

スリーピング・ソング(1分間)	対象一体を浅い眠りに導く
エア・ブラスト	強風で相手の身体を押し流す
スモッグ(無風の場合でRank×10秒)	周囲に煙を巻き起こして視界を遮る
ソフト・ランディング	(着地するまで)落下速度を減少させ、木の葉のようにふわふわと、ゆっくりと着地する

風魔法ランク2

サイレント・フィールド(Rank×1分)	人物、あるいは物体の周囲3メートルの沈黙の結界を張る
ハイ・ジャンプ(Rank×1分)	跳躍力を大幅に増加させる
ソニック・エッジ	風の刃を放つ
レジスト・ウィンド(Rank×2分)	風、重力等の攻撃に対して抵抗を得る

風魔法ランク3

ライトニング	雷光を放つ
インヴィジビリティ(Rank×1分)	光学迷彩で姿を消す。激しく動くか他の生物と接触した場合、解除される
コントロール・ウィンド	風の流れを操る
ウィスパー・サウンド	風が届く範囲にいる離れた相手に言葉を届ける

風魔法ランク4

ワールウィンド	強い風で対象を吹き飛ばす
フライ(Rank×2分)	自由に飛行することができるようになる。 鳥が飛ぶ速度
ダーク・スフィア	漆黒に染まった方形の空間をつくり出す。 最大で一辺5メートルの立方体
クリエイト・サウンド	Rank×10メートル以内から 任意の音をつくり出す

風魔法ランク5

ポイズン・スモッグ	猛毒の雲を発生させる
ウィンド・ウォーク(Rank×20分)	空中を、足場があるかのように踏みしめ 歩くことができるようになる
リファクション(Rank×10分)	任意の一定範囲の屈折率を変化させる。 幻影魔法のように使用することもできる
ウィスパー・ヒアリング	風が届く範囲内の音を聞き分ける

風魔法ランク6

ブラー(Rank×1分)	対象の身体がぶれて見える
テンペスト	強い風で直線状の相手を吹き飛ばす
ライトニング・アロー	Rank×1本の雷の矢を放つ
ウィンド・サーチ	超音波を飛ばして反響で探査する

風魔法ランク7

グラビティ（Rank×1秒）	30メートル以内の一点を中心とした半径5メートル、範囲内の重力を10倍以上にする
リヴァース・グラビティ（Rank×10秒）	対象にかかる重力を0にする
グレーター・インヴィジビリティ（Rank×1分）	インヴィジビリティと同様だが、激しく動いたり他の生物と接触しても解除されない
エレクトリック・スタン	射程Rank×30メートル。敵の全身に電撃を行き渡らせ、その身体を一瞬だけ麻痺させる。非常に抵抗し辛い

風魔法ランク8

ハイレジスト・ウィンド（Rank×10秒）	レジスト・ウィンドの強化版、効果時間は短い
ウェザー・コントロール（Rank×1時間）	広い範囲の天候を操作する
ストーム・バインド	重くぬめる空気の渦が巻きつき、拘束する
ブリーズ・ソング	優しい風が吹き抜け、風を浴びた者の感情を慰撫する

風魔法ランク9

シェイプ・ライトニング	自身のみ。己を光に変え、光速移動する
ステイシス・フィールド	黒い半透明のスポンジ状物質が対象を包み、時間停止保存する
ホワイト・カノン	白い光線で攻撃する
ディメンジョン・ステップ	Lv×100メートル以内に瞬間転移。同行者は片手にひとりずつ、最大3人

ランク別【付与魔法】一覧

付与魔法ランク1

キーン・ウェポン(Rank×20分)	武器の威力up。かかった部位が淡く輝き、硬度が上昇する。生物にかける場合、特定の部位を選ぶ(カラスのくちばし等)
フィジカル・アップ(Rank×20分)	運動up。身体能力強化。両脚が淡く輝き、運動能力が向上する
マイティ・アーム(Rank×20分)	筋力up。身体能力強化。腕が淡く輝き、腕力が上昇する。Lv1では片腕が輝き、Lv2以降は両腕が輝く
クリア・マインド(Rank×20分)	魔抵up。恐怖に耐性、精神に働きかける魔法に対する抵抗力を上昇(魅了、睡眠等)、心、意志を強くする

付与魔法ランク2

ブラッド・アトラクション(Rank×20秒)	ダメージup&hp収奪
リペア	物体の修復。汚れたり破れた服、武器、鎧等の修理、さびた剣をさび落としして砥ぎ直すことも可能
アラート・テリトリー(12時間)	テリトリーに侵入する存在があると術者の頭のなかに警報が鳴り響く
スマート・オペレイション(Rank×20分)	魔攻up

付与魔法ランク3

リモート・ビューイング（Rank×5分）	指定した対象の視点で見る。対象が抵抗した場合、効果が発揮されない
リフレクション	パーティメンバーひとりの手前に虹色のバリアを生み出し、相手の攻撃をそのまま跳ね返す。ジャストタイミングで発動する必要がある
ヘイスト（Rank×20秒）	全身が赤い輝きに包まれ、すべての行動が加速する
シー・インヴィジビリティ（Rank×30分）	透明な存在を見破る

付与魔法ランク4

ハード・ウェポン	永続的に武器を強化する。ランクが上がるほど強化の幅も上昇する
ハード・アーマー	永続的に防具を強化する。ランクが上がるほど強化の幅も上昇する
レジスト・エレメンツ（Rank×2分）	火水地風、4属性どれかに対する属性防御を大幅に上昇させる
ウォーター・ブレッシング（Rank×20分）	魚のように水中で呼吸ができるようになる

付与魔法ランク5

リパルション・スフィア（30分）	相互不可侵バリア。まわりの景色に同調して内部が見えなくなり、内部に閉じ込められた者はゆっくりと治療されていく
ナイトサイト（Rank×20分）	暗視を得る

ディフレクション・スペル	10メートル以内のパーティメンバーひとり。 対象が次に使用する魔法を複数対象に変更する （単体バフの類であれば、パーティ全体に）
エクステンド・スペル	10メートル以内のパーティメンバーひとり。 対象が次に使用する魔法の持続時間を倍にする

付与魔法ランク6

マナヴィジョン（Rank×1分）	マナを見ることができるようになる。 マナにはそれぞれ属性によって 色がついている（死霊魔法なら黒）
チャージ・スペル （持続時間なし、使用するまで）	トークンのようなマナの塊にランク2までの 呪文を込め、誰でもコマンドひとつで発動 させることができる。最大3つ
ウィング（Rank×20分）	背中に飛行用の翼を生やし、これを手足の ように使用できる。飛行のためには翼を 動かす必要があるため、疲労が大きい
ディスペル・マジック	10メートル以内の指定した対象にかかって いる魔法をすべてまとめて解除する

付与魔法ランク7

トレマー・センス（Rank×10分）	伝わる振動を感知し、疑似的な視覚に変換する
アクセル（Rank×0.5秒）	自身のみ。ごくわずかな時間だけ、己の意識、 思考速度を加速させる
フォース・フィールド（Rank×1分）	自身のみ。円錐形の力場の盾を発現させる。 大きさはサッカーボールよりひとまわり 大きいくらい。任意に動かすことが可能
アイソレーション（Rank×10分）	最高位の思考防御。あらゆる探知魔法、精神支配 等からの保護。リモート・ビューイングやシェア・ フィールドとは排他の関係

付与魔法ランク8

リモート・スペル(自身のみ、Rank×10m)	自身の魔法を遠距離から発動する
パワー・スペル(Rank×5秒間)	10メートル以内のパーティメンバーひとり。わずかな時間、攻撃魔法の威力を上昇させる
アジャストメント(24時間)	あらゆる環境に適応し、生存できるようになる
ハイレジスト・エレメンツ(Rank×10秒間)	火水地風いずれかを選び、当該属性の魔法攻撃に対する大幅な抵抗を得る

付与魔法ランク9

シックス・センス(Rank×1秒)	五感以外の未知の感覚により、1秒先の未来を知る
シェイプ・チェンジ(Rank×10分)	自身のみ。よく知る動物、モンスター(使い魔含む)に変身する。特殊能力はモンスターのものになるが魔法は自身の持つもののみ
トゥルー・サイト(Rank×10分)	マナ、幻影、あらゆる魔法的な隠蔽を見破る
シェア・フィールド(Rank×10分)	任意の対象グループをテレパシーで繋ぎ、常時情報を共有することができる

第4話　生贄《いけにえ》

白い部屋から戻って少し山道を歩くと、霧が出てきた。肌に張りつくような、粘っこい、純白で気味の悪い霧であった。

巧《たくみ》は首をかしげる。以前の周回、このあたりを訪れた時は、このような霧はなかったのだ。時刻は同じくらいで、場所も似ている。

ではどういうことなのか。

自然現象ではない？

はっとする。気づけば、彼はすぐそばにいるはずの仲間の姿すら見えない深い霧に包まれていた。

「普通の霧じゃない！　止まって！」

とっさに、叫んだ。

近くを歩いていた人物が立ち止まる気配。巧は、そちらに駆け寄った。

章弘《あきひろ》だった。蒼い顔で剣を握りしめて警戒していたところ、現れたのが巧と知って、ほっと安堵《あんど》の息を吐いていた。

「姉さんは？」

「わからない。準《じゅん》さんの姿も、いつの間にか見失っていた」

彼は最後尾で皆の背を見ていたはずだ。この深い霧が出てから、1分も経っていない。声が聞こえないほどの距離まで離れてしまったとは考え辛いのだが……。

「あっち」

耳を澄ませた章弘が、方角を告げる。

「女性の声がする」

彼が指差したのは道から少し外れた、高い下生えが邪魔をするため本来ならば意識してそちらに赴くことはないであろう茂みの中であった。

だが、そこに春名《はるな》がいるなら、巧が行かないという選択はない。背の高い草をかきわけ、茂みを進む。

霧が晴れた。

すぐ目の前に、目を丸くして腕を前に伸ばし、巧に向かって魔法を行使する直前の準の姿があった。準はすぐ腕を下ろし、大きく息を吐く。

「びっくりした。急に霧が出たと思ったら、晴れて……そうしたら、巧くんと章弘くんが目の前にいるんだもの」

「姉さんは？」

「あたしは見ていないわ。先頭を歩いていたし、春名さんには偵察スキルがあるから、あたしたちにも気づいていると思ったんだけど……」

そうだ、おかしい。何がおかしいって、春名が巧を気にかけずに先へ進むはずがないと確信を持って言えるということだ。

たとえ深い霧の中であっても、である。

章弘と準のふたりに更に聞けば、巧の声もすぐ近くまで赴かなければ聞こえなかったという。

そんな風に音まで吸収してしまうような霧が、はたして自然に存在するものであろうか。

「まるで、サイレント・フィールドの中みたいに音が何も聞こえなかったわ」

準のその言葉で、確信する。

あれは、誰かが行使した魔法の霧だったのだ。

誰が？

敵、と考えるのがもっとも適切であろう。だからこそ、過去の周回では霧が出ていなかった。

今回は違った。敵が、仕掛けてきた。

「姉さんが危ない！」

巧は駆けだそうとして、左腕をぐいと章弘に引っ張られ、転びそうになった。

「どっちへ行くのさ」

「姉さんが向かった方に、だよ！」

「だから、どっち。準さんを見てよ、こんな茂みの中に、普通は入らない。なのに、入ってしまった。あれは、そういう霧だったんだ」

　巧はなおも反論しようとして、口ごもってしまった。

　彼の言う通りだったからだ。姉がどちらに向かったのか、それを判断することは今の自分では無理だと理性が認めてしまった。

「じゃあ、どうすれば……」

「ドローンを使おう」

　章弘の言葉に、ぽんと手を叩く。


　巧たちは、オークが周囲にいないことを確認した後、ドローンを飛ばした。

　黒いドローンが、夕日を背景に宙を舞い、高度を上げていく。

　巧の操縦だ。普段は学園の者たちにバレないよう、あまり高度を上げられなかった。今日はそんな心配もない。

　本来なら、ドローンを自由に動かせる喜びがあるべきだろう。

　春名さえ、隣にいてくれれば。

　ところが今、巧たちは行方不明の彼女の捜索のため、ドローンを使っている。

　ドローンは森の木々の頭上をゆっくりと飛ぶ。巧は、搭載されたカメラの映像を食い入るように見つめた。

木々の隙間に、春名の白い制服が、ちらりとでも見えないか。

どこかに彼女の姿があるはずだった。

この時間とはいえ、オークたちが空を仰げば奇妙なものが飛んでいるのは見えてしまうだろう。

射手がいれば、撃ち落とされる可能性もあった。

前回、殺された黄肌が周囲にいる場合、いっそう用心する必要がある。

幸いにして、矢はどこからも飛んで来なかった。

目的とする小屋があった。ドローンでちらりと覗いてみると、小屋の扉が乱暴に開け放たれていて、中には何の気配もない。

青肌のオークは外に出て行ってしまったようだ。

「前の時とは、状況が違う……？」

巧はいぶかしんだ。

「そうだね。巧、おれたちは、無根拠に、巧がループを繰り返す際、巧の意識が最初の時間に戻る以外はすべてが同じ状態から開始する、と考えていた。その前提そのものが違うのかもしれない」

「章弘？」

「さっきの霧が発生したのは、今回の初期設定が前回とは違ったから、とは考えられないかってことさ」

初期設定？　よくわからない、と首をひねる。

「まるで、この世界がゲームの中みたいね。毎回ランダムに設定されるサンドボックスって言いたいのかしら」

「ゲームに似たスキルやあの白い部屋、倒すと宝石に変わるオーク、いろいろと疑いたくなるような部分があるとはいえ、これが仮想現実のようなものとは、ちょっと考えにくい。でも、そういう考え方を一部、適応できる程度には、この世界の仕様になんらかの意思が関わっている可能性が高い」

「なんらかの意思、って、つまり神さまということ？」

「そうだね、神さま、そういうものの存在を仮定してもいいとは思うんだ。だって、そうでもなきゃ、あの白い部屋やスキルの存在は……」

「神さま、でなくても、なにか超常的で人知の及ばない領域に手を出している存在がいる、というのは理解できるわ。でも、サンドボックス的なものまで仮定するべきなのかしら」

「すべてがランダム、とは思えないけどね。実際に、伊澄《いすみ》さんは前回と同じ場所で襲われていた。おおまかなところは同じはずだ。だからといって、どこかで神さまがサイコロを振っていた可能性は否定できない。ああ、ここでいうサイコロというのは比喩だよ。納得がいかなければば、そうだね、量子力学的なミクロでの些細な事象のずれがマクロに影響を及ぼした、とでも言い換えようか」

章弘は笑った。巧は「ぜんぜんわからん」と首を横に振る。

「とにかく、巧。きみが経験した前回とは、さまざまな前提が異なっている可能性があるってことさ」

「ぼくが無限に死んで、あの地震を繰り返すことで、いつか最高の状況を得られるって理解でいいのかな」

「その前にきみの心が死ななければ、だね。くれぐれも、巧、きみは自分のメンタルを大事にしてくれ。きみの心が潰れてしまったら、何もかもが終わりだ」

「あ、ああ。改めて、気を引き締めよう」

山の上方、その小屋の近くで、先日の台風で木々がなぎ倒され、森の中でちょうど広場のようになっている場所を発見した。

巧の目を惹いたのは、その広場の中央付近が、夕日を浴びて黄金色に輝いていたからだ。

よく目を凝らしてみれば、その黄金色の輝きの中央で、青肌の大柄なオークが倒れていた。

さらにその輝きのすぐそばには、風変わりなオークが立っている。

緑色の肌のオークだった。

全身に黒と青の刺青が入り、大きな杖を手にして、地面をとん、とんと突きながら、倒れている青肌を見つめている。

「いったい、何を……」

「儀式？」

横からコントローラの画面を覗き込んできた章弘が、ぼそりと呟く。

「儀式って……ええと、黒魔術とかの？」

「オークがいるんだ。魔法もある。儀式で本当に何かが起こる可能性は充分にあると思わないか」

言われてみれば、それはそう、なのだが……。

だが、ではこの青肌を相手に、緑肌は何をしているのか。

準が周囲を警戒する中、ふたりが食い入るように画面を見つめていると、その儀式らしきものの様子が変化した。

緑肌のオークが、手にした大杖の先端を青肌のオークの胴体に触れさせる。

すると、青肌のオークが溶けるように消えていったのである。

驚きの光景に、言葉もなく画面を凝視する巧と章弘。

「ちょっと、どうしたの」

準が、ふたりの様子がおかしいごとに気づいて声をかけてきた。しかし、その声も今の巧には遠く感じる。意識が、画面の中の様子に吸い込まれるような気がした。

青肌のオークが溶け消えていくと同時に、緑肌のオークが燐光に包まれた。

みるみるうちに、身体を包む光が大きく、強くなっていく。まるで、青肌のオークの力が、生命力のようなものが、緑肌のオークに移し替えられているような感覚を覚えた。

いや、実際にそうなのだろう。

儀式。

まさに章弘が言った通りだ。この儀式というものを通じて、緑肌のオークは青肌のオークからちからを奪ったのである。

仲間割れ。

そんな単語が、巧の脳裏をよぎる。

これまでオークたちは、粗暴なところこそ見られたけれど、オーク同士ではよく連係していたように見えた。

彼らに同胞意識のようなものがあるのかどうか、そもそもそこまでの知性があるのかすら不明であったが、しかし同時に、ある程度はヒトと同じような感覚があるということはうっすらと理解できていたように思う。

その延長線上であるならば、仲間割れ、というのも納得できる話のひとつだ。

前の周回で、巧と春名は部活棟の人々と連係できなかった。彼らは巧たちの戦いを見ていながら加勢せず、巧たちもまた、彼らを見限った。

青肌のオークは、以前の巧たちでは敵わなかった相手だ。

それのちからを取り込む、というのは、個の生存の観点から考えれば理に適っているように思えた。

果たして、青肌のオークの姿は完全に消滅し、緑肌のオークを包んでいた光も消える。

そこにいたのは、異形の姿となった緑肌のオークであった。

その身体は先ほどまでよりひとまわり大きく、青肌のオークに匹敵する体躯となっていた。

更には腕が二本から四本に増え、額には第三の目がついている。

その三つの目が、ぎょろりと動き、森の一点を見つめた。

その方角から、ひとりの女子生徒が、ふらふらとその身を揺らしながら現れる。

春名だった。巧の姉は、まるで魅入られたように緑肌のオークに近づいていく。

緑肌のオークは春名に道を譲った。

春名は、自ら、先ほどまで青肌のオークが倒れていた黄金色の空間に倒れ込む。

「姉さん……っ」

何が起きているのか、脳が理解を拒否した。姉がオークの仲間？　そんなことがあるはずない。では何故、彼女はあそこにいるのだ。

「幻惑の魔法、とかかな」

横から画面をのぞき込んでいた章弘の言葉で、はっと我に返る。

そうだ、と巧は気づく。霧の魔法で分断されただけじゃない。春名は、魔法で正気を失っているに違いないのだ。

助けなければ。巧は駆けだそうとして、また章弘に手を引っ張られた。

「落ち着いて。さっきの儀式は、すぐ終わるわけじゃなさそうだった。まだ少しだけ、時間はあると思う」

「でも！」

「それとも、今回は捨てて次のループに期待するわけ？」

章弘の言葉に、巧は冷や水を浴びせられた気分になった。章弘が、まっすぐに巧の目を覗き込んでくる。

「巧が必死なのはわかるし、春名さんは助ける。だけど、巧がそんな風に慌てていたら、できることもできなくなる。今までの巧は、春名さんがいなくなったら、その時点でもう詰みだと思っていた。でも、今は違う。おれと準さんがいる。そうでしょう？」

彼の言う通りだった。巧は今日一日の午後を繰り返す中で、ついつい、自分ひとりで考える癖がついてしまっていた。これまでは、そうでなくてはならなかった。

春名にすべてを打ち明けてからも、彼女ひとりを頼りとしていた。

今は違う。頼りになる仲間が、ふたりも増えた。

章弘が巧の手からコントローラを奪い、ドローンで周囲を調査する。

結果、広場の外、茂みの中に赤肌のオークが2体、隠れていることがわかった。

おそらくは、緑肌のオークが見張りを命じているのだ。

「ほら。これに気づかないで助けにいったら、きっとおれたちは不意を衝《つ》かれていたよ」

「章弘は、何で緑肌だけじゃないってわかったんだ」

「カン、かな。そもそも、魔法を使うオークなんでしょう？　きっと、一味のボスか、幹部クラスだよ」

「魔法を使うと、幹部なのか？」

「そういうものだよ」

「ええ、まあ、そういうものよね」

ひととおり話を聞いた準もうなずいている。

そういうものなのか。巧としては、ふたりにそこまで納得されては、呑み込むしかない。

「あの緑肌は、青肌を取り込んだ。たぶん、青肌より強くなっている。春名さん抜きで戦うのは無理だ」

「でも、姉さんは……」

「これはカンだけど、あれはあまり強い幻惑系魔法じゃないと思う。詳しい説明は省《はぶ》くけど、モンスターの使う魔法もおれたちの使う魔法とある程度同じ法則の上に立っているなら、そう理不尽な強さの魔法があるとも思えない。もちろん、あの緑肌がとてつもなく凄い魔術師とかなら話は別だけど……その場合は、どっちみち詰んでるわけだから、考えても仕方がない」

　巧はうなずいた。よくわからないが、章弘がこれだけ自信たっぷりなのだから信じるべきだろう、と経験則で知っている。

　そもそも巧は、早く姉を助けに飛び出していきたいのだ。

「春名さんを揺さぶるなりなんなりして、目を醒まさせる。それは、巧、きみがやるべきことだ」

「わかった。姉さんのことは任せてくれ」

　春名のことだ。きっと、巧の声を聞けばすぐ元に戻るに違いない。なぜなら、巧は春名の弟で、春名は巧の姉なのだから。完璧な理論だった。

「最初に、赤肌を始末する。これは準さんにインヴィジビリティを貰って、おれと巧がやる」

もどかしいが、しかし春名を確実に助けるためだ。巧はうなずく。

「次に、準さんがもう一度、巧にインヴィジビリティをかける。巧はインヴィジビリティが切れない限界の速さで接近して、春名さんを起こす。すぐそばの緑肌はおれが注意を引く。あとは臨機応変に行こう」

　インヴィジビリティをかけた状態でどれくらいの速さで行動すると魔法が切れるか。これについては、既に白い部屋で検証済みだった。巧たちは全員、ギリギリを見極めて動く練習を何度もこなしている。

これが一番上手なのは章弘で、やはり普段から運動部の練習につきあっているから、というのが大きいのだろう。

次に春名であり、巧はどちらかというと、そういった繊細《せんさい》な身体の使い方は苦手であった。

準は一番下手だが、彼女の場合、自分には向いていないもの、と最初から開き直っている様子である。

今回の場合、春名を起こす役目は巧でなければこなせないのだから、いくら下手でもやるしかないのだ。

「やれるかい、巧。きみが失敗したら、全てがご破算だ」

「大丈夫。おれは姉さんの弟だからな」

胸を張って、そう答える。章弘は笑って、準は微妙な表情になった。

見張りの赤肌の始末は、あらかじめドローンで位置を把握していたから簡単に済んだ。

四本腕になって大型化した緑肌は、春名の前に立ち、儀式らしきものに夢中になっている。

巧たちが見張りを始末したことには気づいていない様子であった。

「それじゃ、いくわね」

準が再度、インヴィジビリティを巧にかける。巧はゆっくりと、下草を踏んで足音を立てないよう注意しながら広場に入った。

間もなく夕日が沈む。夜《よる》の帳《とばり》が下りる。夕暮れの光を浴びて、黄金色のサークルの中に横たわり、眠るように大人しく目をつぶっている春名の姿を、巧は美しいと思った。芸術だ。究極の美とはここにあった。思わず見とれかけて、はっと我に返る。

このまま儀式を放置していては、春名もまた、あの青肌のように溶けて消えてしまう。

そんなことは許されない。

それを阻止できるのは、巧しかいない。

最後の数歩を一気に駆け寄った。突如として目の前に現れた巧の姿に、緑肌は驚きを隠せない様子で一歩、後ずさる。その躊躇《ちゅうちょ》の間に、巧は春名のもとにしゃがみこんだ。

「姉さん！」

大きく叫ぶ。

「助けに、来た！」

春名の肩に触れ、強く揺すった。春名がぱっと目を開く。

「巧ちゃん、危ない！」

春名が巧の手を掴み、ぐいと引いた。

巧と春名は折り重なって地面に倒れ込む。

巧の背後で横薙ぎに振るわれた緑肌の杖が、轟、と唸るような音を立てて通過する。風圧だけで、ふたりは抱き合ったまま地面を転がされた。

だが、そのおかげで距離を離せた。

春名の目を見る。ドローンのカメラで確認したときのような、虚ろな目ではなかった。彼女の双眸《そうぼう》は、はっきりと巧のことを見ていた。

「ヘイスト」

春名は巧に対して余計な言葉はかけなかった。

ただ、魔法を使った。

巧の全身が赤い輝きに包まれる。

付与魔法のランク3、ヘイストは対象の動きすべてを大幅に加速させる魔法だ。強力だが、効果時間はランク1につき20秒から30秒。つまりランク3の現時点では最小で60秒、最大で90秒しかない。

姉からの、最高の贈り物だ。このヘイストがかかっている間にケリをつける。

巧は弾かれたように跳び起きた。

緑肌のオークと視線が交わる。緑肌の三つの目が、ぎょろりと巧を睨《にら》んだ。

緑肌の背後から、章弘が駆け寄ってくる。春名が、緑肌から右まわりで距離を取るのが気配でわかった。

「いくぞ」

巧の身体が一気に加速し、普段に倍する速度で緑肌に迫る。

巧はスタンガンを突き出す。緑肌のオークは、見慣れぬその武器を警戒して、すっと下がった。

「いいぞ、緑肌。ぼくが一番、厄介な相手だ。もっと警戒しろ」

巧はにやりとしてみせた。

挑発だ。

相手が魔法を使うのは明らかだった。それがこうした接近戦で役に立つものかどうかはわからないが、用心しておくにこしたことはない。

果たして、緑肌のオークは大杖を上の両手で握り、大振りの一撃を繰り出してきた。巧は左手に跳び、その一撃を避ける。

これで大きな隙ができる。

そう思った、そのときだった。

四つの腕を持つオークは、残る下ふたつの腕を伸ばし、巧の脚を狙ってきたのである。

巧は慌てて身をひねり、長く伸びた腕を回避する。ヘイストがなければ不可能なその動きのおかげで、からくも逃げ延びることができた。

だが、おかげで転倒してしまっている。今度は、こちらに隙ができた。

「ライトニング」

準が、広場の隅に生える樹上の太い枝から風魔法ランク3の雷撃を飛ばす。

斜め下に飛んだ青白い光は、しかし緑肌のオークをかすりもせず、その数センチそばを通り過ぎた。

それでも相手の注意を惹くだけのことはできたようだ。緑肌のオークは準を警戒して、巧から視線を外す。

その隙に、巧は地面を蹴って起き上がった。距離を取る。緑肌のオークは巧に向かって一歩、踏み出すも――。

「巧！」

そこに、春名からヘイストを貫い巧同様に全身が赤く輝いた章弘が参戦する。オークから奪った剣を剣道のように両手で握り、鋭い刺突《しとつ》を放った。

緑肌はその一撃を見切っていたようだ。

大杖を軽々と振るって、章弘の剣を払ってみせる。章弘は勢い余って緑肌の前に無防備な背中を晒《さら》す。

緑肌のオークが、してやったりとばかりに口もとを歪めた。

「させるか！」

緑肌が章弘の背中めがけて大杖を振り下ろそうとするまさにそのとき、巧は拳銃の引き金を引いていた。

射撃の腕は心もとない。

だが相手は青肌よりもなお大柄で、しかも巧の目の前にいた。この状況では、外す方が難しい。

銃弾が、緑肌のオークの胴体に突き刺さる。

その衝撃で、わずかにその巨体が揺れた。

この一発でオークを殺せるなど、もとより巧も思ってはいない。それでも、ほんのわずかの隙さえ作ることができればよかった。

緑肌の動きが止まったのは、実際に一秒の何分の一であったか。

それは無限に等しい、まさに値千金の一瞬だった。章弘が身をひねるも、たったこれだけの時間では間合いから外れることなどできない。

かわりに、巧との阿吽《あうん》の呼吸で、春名がこの強敵との距離を詰めていた。

「リフレクション」

緑肌のオークの目の前に、虹色で扇状の薄い幕が展開される。

振り下ろされる大杖が弾き返され、その衝撃がまるまる、相手に伝わる。

緑肌は大杖を取り落とし、後ずさった。

リフレクションは付与魔法のランク3で、自分または近くのパーティメンバーのそばに瞬間的な盾を生み出す魔法だ。この盾に衝突したものは、その威力そのまま衝撃が反転する。

盾はほんの一瞬だから タイミングが難しいし、春名が相手のすぐ近くにいなければ魔法を使うこともできない。

あまりにも危険で、だからよほどのことがない限り使わないようにしよう、ということになっていた。

一丁の拳銃が、その隙をつくり出した。

「ライトニング」

更に、準の放った青白い光の筋が緑肌を襲い、相手はそれを煩わしそうに飛び退って回避する。

いい援護だ。おかげで巧は、大柄な相手の懐《ふところ》に入るための貴重な数瞬を稼ぐことができた。

緑肌に対してスタンガンを突き出し、剥き出しの胸に突き立てると、スイッチを押し込む。

異形のオークが絶叫をあげた。

しかし痙攣《けいれん》は一瞬で、乱暴に四本の腕を振るう。

巧は素早く飛び退ろうとするが、近づきすぎていたため距離が取れず、慌ててスタンガンでその刃を受け止める。

高靭性の金属でつくられているはずのスタンガンが、一撃で折れ曲がった。

これまで活躍してくれたスタンガンの犠牲もあって、巧の身体は吹き飛ばされるだけで済む。

緑肌は無茶苦茶に四本の腕を振りまわし、憤怒《ふんぬ》の表情で巧を睨む。

「巧、これをっ！」

章弘の声。

同時に、彼が身の丈よりも大きな杖をこちらに投げてよこす。

慌ててキャッチする。ずしりと重い。だが、棍術スキルのおかげで何とか使いこなすことができそうだ。

「緑肌の持っていた杖か」

相手がこれを拾う前に、章弘が目ざとく見つけ、拾ってくれたのだ。

敵の戦力低下とこちらの戦力増強を一手で成し遂げたことになる。見事な機転であった。この武器であれば、緑肌の圧倒的な膂力《りょりょく》を相手にできそうだ。

章弘はそのまま、こちらに駆け寄ってくる。

彼にも巧にも、まだヘイストの赤い光が残っていた。長く戦っているつもりだったが、まだ1分にも満たない時間なのだ。

あまりにも濃密で、そして辛く苦しい1分だった。息は荒く、心臓が早鐘のように打つ。

体力が底を尽きかけていた。

いまは興奮状態で何とか立っているが、それも限界があるに違いない。

そろそろ、この戦いも終わらせなければならない。

「ライトニング」

3度、準の雷撃が緑肌を襲う。

これに当たればただでは済まないと理解しているのだろう、四本の腕をさかんに振って巧たちを牽制していた緑肌も、稲光を察知するや否や、距離を取ってこれを躱す。

その隙に、巧は大きく踏み込んだ。

緑肌は、また太い腕を大きく横に振って、これを迎え撃つ。

そのピンポイントで、準が睡眠の魔法を緑肌にかけた。

緑肌は赤肌のように眠りに落ちることはなく、しかしほんの一瞬だけ動きが止まり、その膝が、かくんと落ちる。

充分な隙だった。

巧は両手で大杖を握り、裂帛の気合いのもと、勢いよく上段から振り下ろす。

緑肌は、それでも上の二本の腕を持ち上げて、頭をかばおうとする。

巧の大杖と緑肌の腕が衝突する。

今回、勝ったのは巧の方だった。緑肌の上二本の腕がひしゃげ、オークはそのまま、大きくバランスを崩す。

そこに、章弘が突撃した。無防備な背中に刺突を見舞う。

章弘の剣が、緑肌の背に深々と突き刺さった。オークは口から青い血を吐き、苦悶の声をあげる。

「いまだ、巧！」

章弘の、振り絞るような叫び声。

導かれるように、巧は踏み込む。

緑肌の顔面を、横殴りの大杖の一撃で強打する。

緑肌の首が、あらぬ方角に曲がった。

化け物は、そのまま ちからを失いくずおれる。

巧と章弘の身体から、ほぼ同時に赤い光が消える。

魔法がかかった順番は少しだけ巧が先で、しかし魔法が切れたのは章弘の方がほんのわずかに早かった。ランダム性の高い持続時間の妙が、この瞬間に表れていた。

そのわずかな時間が、互いの命の行方をも左右した。

緑肌が、死の間際、最後のちからを振り絞って下の二本の腕を薙ぎ払ったのである。

まだヘイストが入っていた巧は、慌てて身をひねり、この長い腕の一撃をかわした。

しかしヘイストが切れていた章弘は、緑肌の背に突き立てた剣から手を放すのが遅れた。横薙ぎの一撃をまともに喰らう。

オークの手刀によって、人体が、いとも容易くまっぷたつに両断される。

章弘の上半身と下半身がふたつに分かれる。

巧は、それを信じられない様子で眺めていた。

緑肌が地面に倒れ、続いて親友の上半身と下半身が地面に転がる。

「章弘！　おい、章弘！」

巧は親友に駆け寄った。章弘の口が、わずかに動いた。だがそれは言葉にならず、少年は目をつぶり、そして二度と動かなかった。

緑肌の姿が消え、青い宝石が1個、その場に転がる。

巧たちは白い部屋に赴いた。

3人で。

そこに、真壁《まかべ》章弘の姿はなかった。

‡‡‡

今回、レベルアップしたのは準である。どうやら緑肌は普通のオーク、つまり赤肌の数倍の経験値を持っていたようだ。

白い部屋で、しばし。

巧と春名、準の3人は呆然としていた。

いま、目の前で起きた出来事が信じられず、この場にいるはずの人物の不在が信じられず、何もかもに現実感を覚えなかった。

脳の一部が麻痺したように、何も考えられなかった。動くことができなかった。

呼吸を10か20繰り返す間、誰も口を開かなかった。

「失敗じゃないわ」

やがて、口を開いたのは準だった。

「章弘くんのおかげで、あたしたちは緑肌を倒すことができたわ。おそらく、あの青肌は巧くんの前周回で小屋にいた奴だわ。邪魔者はもういない。小屋で休んで、明日を迎えることができる」

春名によれば、周囲にオークの気配はないという。小屋で充分に休むことができれば、明日もまた戦える。

「ひょっとしたら、明日はこれほど上手くいかないかもしれない。あたしたちは死ぬかもしれない。そのときは、巧くん。あなたはまたひとり、やり直すの。でも、いまここで終わりにしては駄目。章弘くんが切り開いてくれたものを、明日を、あたしたちは懸命に掴みにいくの」

「でも……」

「うん、準ちゃんの言う通り。それでいいんだよ、巧ちゃん。もしここで諦めるとか言い出したら、お姉ちゃんは怒りました」

「章弘くんに言うべき言葉は、ありがとう、だね」

そうだ、と巧はうなずいた。

準の言葉の通りだ。ありがとう、なのだ。

彼のちからがあってこそ、ここまでたどり着いた。だがまだ、この先がある。次がある。戦える限り、巧は前に進まなければならない。それが残された者の義務だ。

いずれ、負けるだろう。

そんな諦観はある。そのときは、あの地震の直前に、初めての時に戻ろう。巧はまた、章弘に出会う。今度は失敗しない。

だがそれはいまでは駄目なのだ。そんなことは、きっと死んだ親友も望まない。巧はそう知っていた。確信していた。ちからが続く限り前に進まなければ、申し訳が立たないのだと。

「これからの話を、しよう」

巧が宣言した。山小屋を掃除する手順、修理については付与魔法ランク2のリペアでおおむね賄える。壊れた扉もこの魔法で何とかなるだろう。

「今夜と明日1日分くらいの食料については、章弘が用意してくれている。水も2リットルのペットボトルが各自1本ずつ、それ以上は山小屋にあればよし、なければ……明日、また探す必要があるかな」

「召喚魔法を覚えるという方法もあるのよ」

準が言った。召喚魔法のランク1には、サモン・ウォーターという1リットルの水を生み出す魔法が、そしてサモン・ブレッドという一斤のパンを生み出す魔法がある。

残りのランク1はカラスを召喚する魔法と、大鍋を召喚する魔法だ。カラスはドローンのように偵察に使えるし、鍋があれば料理もできるだろう。

今後、生活していくことを考えるなら充分に考慮に値する。

幸いにして、レベルアップしたばかりの準を始め、現在は全員がスキルポイントを1以上保持している。誰が召喚魔法を取得してもいい状態だ。

だが巧は首を横に振った。

「必要になれば、そうしよう。でもいまは必要ないと思う。準さんも、あと1レベル上がれば風魔法をランク4にできるわけだから、ここで1ポイントを消費するのはもったいないよ」

「それは、そうね。風魔法、思った以上に有効だったものね。ランク4には空を飛べるフライもあるし」

準がハイ・ジャンプで樹上の枝に乗って援護するのも、章弘の提案だった。

思った以上にそれは上手くハマり、視野が開けたことで準は的確に前衛をサポートできるようになった。

戦場を立体的に使う。その視点を持っていた彼は、巧たちにとって替えがきかない人材だったように思う。

「明日以降も、また青肌や緑肌と戦う必要が出てくるだろう。そのときに、今度こそ確実に勝てる戦力を整えないといけない。なるべく早くぼくの棍術を4にするのが、当面の目標になると思う」

相対していて感じた、相手との格の違い。

青肌や緑肌にまともに対抗するためには、ランク4の武器スキルが必要だ、と感じた。

逆に、そこまで持っていければ、春名の付与魔法による補助も含めて充分に対抗できる相手であるとも。

同じ轍は踏まない。次こそ、確実に、堅実に勝たなくてはならない。

「それ以外の敵の存在もある。黄肌を先に見つけるには、姉さんの偵察スキルを上げる必要があるだろう。だから姉さんは、先に偵察スキルかな」

「うん、お姉ちゃんもそう思う。本当は、武器スキルを持って前衛に立ちたいけど……」

「それは、ぼくの役目だ。いまのところ、姉さんが後ろに控えてくれるからこそ、ぼくは勇気を出して戦えるんだ」

本当は、緑肌との戦いでも姉には下がっていて欲しかった。リフレクションは博打すぎる魔法だ。今回は上手くいったからいいが、次も同じく成功するとは限らない。

少しでもタイミングを間違えれば、緑肌の手刀でまっぷたつにされていたのは春名だっただろう。

それは巧にとって、絶対に許容できないことであった。

「後は、朝の様子を見てから考えよう。当座の方針として、はぐれオークを始末しながら校舎や寮の方の様子を見るってことで」

章弘を失った悲しみから目を背けるように、次々と物事を決めていく。

そして、一行は白い部屋を出た。

巧　：レベル4　棍術3／治療魔法1　スキルポイント1
春名：レベル4　付与魔法3／偵察1　スキルポイント1
準　：レベル4　風魔法3　スキルポイント2

章弘の死体は、軽く地面を掘って埋葬した。

本当は野生動物に掘り返されないためにも深く埋めるべきだが、いまはその体力もなかった。

日が沈む前に大急ぎで山小屋へ赴く。案の定、そこは無人のままだった。

中にいた不幸な女子生徒の、首がない乱暴された死体を袋に包んで脇に置く。可哀想だが、この子まで埋葬している余裕はなかった。

春名が小屋の破損個所や汚れに片っ端からリペアをかけてまわる。同時に換気をして臭いを逃がす。日が沈んでも、作業は続いた。

すべてが終わり、月がふたつ空に昇る頃には、皆がへとへとに疲れ果てていた。

「食欲がない」

と呟く準の口に無理矢理チョコレート・バーを突っ込み、食べさせる。

実のところ巧も食欲なんて欠片もなかったが、意志の力を総動員して保存食のチョコレートをかじった。春名も、無心で同じものを食べていた。

「いつまで、こんなことが続くのかな」

準が、ぽつりと呟く。

誰も答えられなかった。

それでも、今日1日を生き残ったことだけは確かなのだ。いまはそのことを誇るべきだと、巧は思った。


巧は寝袋を用意して腰を下ろすと、もう二度と立てないと思うほど疲れ切っている己の身体を実感した。

それは春名も準も同じだったようで、そのまま突っ伏すように倒れ込む。

もぞもぞと寝袋に入ろうとして、しかしそれだけの体力も残っていなかった。

「巧ちゃん、お休み。準ちゃんも」

「ああ、お休み、姉さん、準さん」

「おやすみー」

巧も春名も、準も、目を閉じる。

いまが初秋で、まだいくぶんか暑い日でよかった、と巧は沈む意識の片隅でそう思った。

寝袋に包まれていなくても、身体が冷えることはないだろうから。

これだけのことがあって、なお最後に気をつけることが風邪を引くことなのが、ひどく滑稽に思えた。

だが、明日がある。

巧は安堵した。問題は山積みだが、すべては後まわしでいい。

何度、周回を繰り返しても、結局のところヒトには身体という限界があって、体力の限界だけはどうしようもない問題なのだと悟った。

故《ゆえ》に、そのまま泥のように眠った。

きっと夢も見ないだろうと思った。

夢を見た。

夢の中で、巧は春名とふたり、草原に寝そべっていた。吹き抜ける風が素肌を撫でる。下生えの草がくすぐったい。

「夢、なのかな」

「夢、だよ」

巧の呟きに、春名は彼の耳もとに口を近づけ、そう返事をする。蠱惑的な声だった。背筋に震えが走った。巧は恥ずかしくなって、反対側を向こうとした。

そんな彼の肩を掴み、春名は自分の方を振り向かせた。白い肌が見えた。思わず目をつぶろうとすると、それを咎めるように、春名は巧の首に手をまわして、自分の方に引き寄せた。

柔らかい双丘のふくらみに、顔が埋まる。巧は思わず目を見開いた。

「巧ちゃん」

脳が麻痺したような感覚の中、春名の声が響く。

「来て」

腕の拘束がなくなった。巧は春名から身を引き剥がす。彼女の上にまたがるような格好になった。春名は微笑んでいた。なぜだか、その笑みが、儚《はかな》くか細く、弱々しいように思えてならなかった。胸が締めつけられるような寂寥感《せきりょうかん》を覚えた。

春名が笑った。

「巧ちゃん」

右手を差し出してくる。巧はその手を握った。春名に手を引かれて、巧は彼女におおいかぶさった。

行為にためらいはなかった。導かれるまま、巧は彼女と溶けあった。魂そのものが混ざり合ったような感覚を覚えた。

いや、実際に混ざり合っていたのだ。春名の心が流れてくる。巧を想う強い気持ちがあった。圧倒的な好意の渦に呑み込まれそうになった。同時に、記憶も流れてきた。

記憶の中で、巧はひとりのオークになっていた。

緑肌のオークだ。先ほど倒したはずの相手である。巧はその緑肌オークになり、赤肌を手下として使役していた。

腕は六本。そのうちの一本を、ちらりと見てしまう。女性の細い腕だ。準のものだ、と巧は直感的に理解した。

彼女を取り込んだから、この腕が生えたのだ。

緑肌のオークが準の腕を振るうと、雷撃が迸り、襲ってきたオークたちを焼き殺した。

初めは山の一部だけが支配圏だった。近くにいる青肌を魔法で眠らせて儀式で取り込むことで、更にちからを蓄える。いつしか、青肌のオークすらも相手にならぬほどのパワーを手に入れていた。学園の生徒など、もとより相手にならない。

敵を潰して、潰して、潰して、強いオークは儀式で己の中に取り込んで、より強くなっていった。

いつの間にか、太陽は中天に達していて、巧は中等部の校舎の前にいた。

黒い大柄な犬が炎を吐いて襲ってきた。巧はその炎を正面から受けて、しかしいっこうに痛痒《つうよう》を覚えず、大杖を横薙ぎに払う。炎が消し飛んだ。風圧で黒い犬が吹き飛ばされた。巧は一歩、ちから強く踏み込む。景色が一瞬で流れ、十数歩ぶんの距離をたった一歩で跳躍していた。黒い犬に対して大杖の一撃を見舞う。黒い犬はぐちゃりと潰れ、そのまま消えた。

上から、黒い巨大な何かが降ってきた。漆黒の肌の大柄なオークだった。大きな斧を手にしたそのオークは、明らかに青肌より数段格上で、しかし巧は不敵に笑った。

黒肌のオークは、いささか焦っているように思えた。いまの巧にはその理由がよくわかる。彼は恐れているのだ。巧を。この緑肌のオークを。しかしそれでも、なんとしてもこの災禍を滅ぼさねばならぬ。黒肌のオークは決死の覚悟で距離を詰めてきた。

巧は、魔法を行使した。黒肌のオークは巧の前で倒れた。

ここに至り、巧は理解している。オークは魔法に弱いのだ。故に、魔法を使うオークが出てくると、いくらちからの差があってもこれに勝てない。緑肌のオークは反逆者だった。本来は、存在が確認された途端、全力で刈り取らねばならぬ、イレギュラーであった。

しかし巧は、この緑肌のオークは、幸運にも生き残り、そしてちからを手に入れてしまった。

黒肌のオークをも儀式で取り込み、さらにちからを強化する。

高等部に巣くうオークも蹂躙し、黒肌は取り込み、いっそうのちからを手に入れた巧は洞窟を目指した。以前の周回で準がたどり着こうとしていた洞窟だ。そのまわりを守る黄肌は、巧を見ると背を向けて逃げていった。

洞窟を守る複数体の黒肌も、もはやものの数ではなかった。巧はたったひとり、いやたった1体で群がるオークたちを退け、前進を続けた。

このまま、巧はすべてを平らげるだろう。

すべてを呑み込み、すべてを破壊し、すべてを統べるのだ。

すなわち、覇者となる。

なにもかもを壊すことで、すべての上に立つことになる。

そして、その彼方で巧は――。

ここに至り、巧は気づく。

これは、なんだ。

これは何の記憶なのか。

周囲を見渡した。ふと気づくと、巧は暗闇の中にいた。

緑肌のオークが、どこか遠い存在のように思えた。

どこか遠くから、知らない少女の声が聞こえてきたように思う。声が何を言っているかはわからなかった。ただ切実に、巧の何らかの行動を促しているようだった。

「これは何なんだ。きみは何をさせたいんだ！」

巧は虚空に向けて叫んだ。だが、何の反応も返って来なかった。

くらりとする感覚があった。意識を失う。巧は、何かにすがるように手を伸ばした。その手に、何かが触れる。とっさに握りしめた。

春名の手だった。

黄金の輝きが周囲を包んでいた。煌めく黄金色の粒子は、夕方、草原で緑肌のオークがしていた儀式の輝きそのものだった。

春名がその輝きの中心にいた。彼女は麻痺した手を懸命に伸ばし、輝きの外に転がる巧の手を握ったのだ。春名は微笑んでいた。儚げで切なげな、あの夢の中の笑顔で、巧を見つめていた。その姿が次第に消えていく。黄金の粒となっていく。

輝きの向こう側に、巧は緑肌のオークの姿をみた。オークは今まさに儀式を行っている最中だった。ただし、あの時と違うのは、儀式の生贄が青肌のオークではなく巧の姉、春名であることだ。

今、巧がいるのは小屋の中だった。巧も春名も身体が麻痺したように動かないまま、小屋の中に寝かされていた。小屋の戸は開け放たれ、そこから朝日が差し込んでいた。

何故、殺したはずのこいつが生きているのか。

何故、小屋の中にこいつがいるのか。

何故、春名が儀式の生贄になろうとしているのか。

巧は、理解した。

あれは夢ではなく、予言なのだと。

これから起こる出来事を知ったのだと。

緑肌のオークは、まっすぐにちからを、より強いちからを目指していた。最強になることをこそ志向していた。立ちふさがるなにもかもを取り込み、なにもかもを倒して、己こそが最強になることを目指していた。

本来は、その最初の一歩でつまずくはずだった。

今回、そうはならなかった。

故にああした下剋上《げこくじょう》が起きるだろう、という予言の夢を巧は見たのだ。

復活した緑肌のオークは春名を取り込もうとしている。準の姿がないのは、先に取り込まれたからだろう。もっと警戒するべきだった。だがもう、全てが遅い。

緑肌は、このまま、あらゆるものを破壊していくだろう。その途上で止められる者は、すでにほとんどいない。その果てに待ち受けるものは――。

だから。

これでは駄目なのだ。自分がここで終わるのは、百歩譲ってよしとしよう。だが春名の未来まで失われることに、巧は耐えられなかった。

手の震えが止まる。春名が最後のちからで魔法を行使したのだ。緑肌によってかけられた麻痺が消えていた。相手は儀式に夢中で、まだ気づいていない。

「姉さん、いま助け――」

助けようと彼女の全身を見て、気づく。彼女の下半身はすでに存在しなかった。その身体は今も、黄金色の粒となって、宙に溶け消えていく最中だった。

春名は微笑み、巧が掴んだ彼女の手を動かした。震えながらも、そっと、巧の頬を撫でる。

「行って、巧ちゃん」

「姉さん」

「次のわたしを助けてね。あと――章弘くんも」

そうだ、章弘。

ここで死ぬことで、巧はあの日の朝に戻る。今度は失敗しない。もっと上手くやってみせる。彼女も、準も、章弘も助けてみせる。

残った春名の上半身も、光の粒となって溶けていく。巧が握りしめていた彼女の腕だけが、最後に残った。

その腕もまた、ちからを失い、床に落ちる。

「わかったよ、姉さん。行くね」

方法は、すでにわかっていた。難しいことではない。

巧は手を動かす。今なら自由に動く。

腰の拳銃を抜く。

素早く自分のこめかみに拳銃を当て、引き金を引いた。


目が覚めると、周囲は真っ暗だった。

これまでと違う周回の始まりに、巧は驚いて声をあげる。巧の叫び声に、春名と準が目を覚

まし、次々と声をかけてきた。

目が慣れる。山小屋の中だった。

巧は慌てて小屋の外に飛び出す。

暗い森の中、空を見上げる。

満天の星だ。

「どういうことだ」

混乱して、しきりに首を振る。

「どうなっているんだよ、これ」

春名と準が、巧に続き小屋から出てきた。

「落ち着いて、巧ちゃん。まだ午前零時だよ」

「午前……零時……」

「そうだよ。急に悲鳴をあげて……悪い夢でも見たの？　無理もないよね。今日……もう昨日か。あんなにひどいことがあって、いっぱい戦って、巧ちゃんも傷ついたものね。お姉ちゃんが抱きしめてあげようか？　いっしょの寝袋で寝ようか？」

巧は、ぞっとした。気づいてしまったのだ、その可能性に。

彼は思った。何故、自分はループの度に同じ時間、同じ場所に戻れるなどと確信していたのだろう。

そもそもループの原理も、法則も、何もわかっていないのだ。
何が起こっているのか、その本質的なところはひとつも理解していない。
どうして、次も同じようになるなどと安易に思っていたのか。
午前零時。
春名が口にした、いまの時間。
それがすべての答えのように思えた。
1日の切り替わりだ。
それが、新しいループの起点となった。
何度も試してみなければ確実なところはわからない。
だが少なくとも。
数時間後に死んだ巧は、今、この瞬間に戻って来たのである。
「それって、つまり」
同時に、気づく。
否応なく、その事実に気づかされてしまう。
「章弘、ごめん」
もう二度と、真壁章弘と生きて再会することはできないということだ。
目の前が真っ暗になる。

黄肌―アーチャー・オーク

LV.3

スキル：オーク2、運動2

オークの弓兵。森林地帯での戦いに長け、樹上から矢を射かけて一方的に殺戮する戦法を得意とする。

三次にわたる祖国防衛戦において、南方大森林方面でのゲリラ戦で活躍した。

斬首戦法を得意とし、オークにしては珍しく、仕掛けるべき時とじっと伏して待つ時をよくわきまえている。

もっとも、彼らを上手く使える指揮官がオークには不在であり、局面での優勢を全体の勝利に繋げることはできなかった。

最後には彼らが住む森ごと焼き払われて、国と滅びを共にした。

緑肌—オラクル・オーク

LV.6

スキル：オーク3、オラクル3

全身に刺青が入ったオークの変異種。リチュアルという生贄の儀式を行う魔法を用い、進化していく。この儀式に用いる相手は強ければ強いほどよい。

本来は召喚されないはずだったが、召喚の儀式発動時、ごく低い確率で儀式がエラーを起こし、出現する。

オラクル・オークは敵だけではなく味方であっても躊躇なく儀式の生贄とする為、他のオークから忌み嫌われている。

そもそもオークは魔法耐性が低いため、オラクル・オークの用いる魔法によくひっかかることも、この傾向に輪をかけている。

そのため、ジェネラル以上のオークがオラクル・オークを発見した場合、躊躇なく首を刎ねるという。

エピローグ　本当の二日目

急に泣き出した巧《たくみ》を、春名《はるな》と準《じゅん》は何も聞かず、懸命に、あやすように慰めてくれた。

ふたりとも、巧の態度から薄々と理解していたようだ。

興奮が収まった巧がぽつり、ぽつりと語る、前の周回の出来事。蘇った緑肌のオーク。彼女たちにとってはわずかに未来の出来事を、落ち着いた様子で聞いてくれた。

同時に、巧の悔恨《かいこん》の言葉には、首を横に振る。

「章弘《あきひろ》くんは、きっと気にしてないと思うよ」

春名が告げる。

「あの子は、巧ちゃんが前に進むことを祈っていると思う。そういう子だから」

「あたしは、章弘くんがどう思っているかなんてわからない。つきあいが浅かったから。でも、それはあたしも同じだから。覚えておいて。もしあたしが死んだ状態で日付を越えようとしても、どうかそれは気にしないで。遠慮なく、次に行って欲しいって、そう思う」

準は、自分の考えをはっきりと告げた。

「だいたい、巧くん、あなたが次もまた立ち上がれるかどうかなんて、あたしにはわからない。あたしだったら、とっくに心が折れていると思う」

「ぼくには、姉さんがいたから」

「そうだね。お姉ちゃんも、巧くんがいるから戦える」

また、姉弟がぎゅっと抱き合う。

互いの体温を感じる。それだけで巧は、無限の勇気が湧いてくるような気がした。準が大袈裟なため息をついてみせる。

「とにかく、緑肌が復活してくるなら、さっさともう一度倒してしまいましょう。ひょっとしたら、いまから行けば復活そのものを阻止できるかもしれない。そのあと、もう一度朝まで寝る。正直、あたしはまだ寝足りない」

準は落ち着いた様子で語る。

動揺する巧のためにも、ことさら落ち着いてみせているのかもしれない。

これまでは、そういう理性的でギリギリを攻めるような意見は章弘が出すものだったように思う。いまの準は、まるで章弘が乗り移っているかのようだった。

巧の視線に気づいたのか、準は目を細めて睨《にら》んでくる。

「何よ、言いたいことがあるなら、遠慮なくどうぞ」

「いや、何でもないんだ」

「いやらしいことでも考えていたのかしら」

「巧ちゃん、巧ちゃん、駄目だよ、同級生にセクハラは」

「違うって。姉さんもわかっていてノってるでしょう」

準は笑って、「明かりの用意をしてくる。たしか章弘くんのリュックサックの中にあったはず」と小屋に戻っていった。

「いいようにからかわれてる……」

「巧ちゃんはいい子だから、ついからかいたくなっちゃうの」

春名が巧の頭を撫でた。子ども扱いはやめて欲しい。

いや、先ほど、思いきり泣きわめいてしまったのだけれど。

だからこそなおさら、こっ恥ずかしい。

加えて、先ほどの淫らな夢まで思い出してしまった。春名の顔を直視できなくて、さりげなく視線をそらす。春名の方はそんな巧の心境に気づいているのかいないのか、巧の手をぎゅっと握った。

「姉さん？」

「ごめんね、巧ちゃん」

夜空を眺めながら、春名は呟く。

「お姉ちゃん、また巧ちゃんを守れなかったね」

「そんなことない。ぼくの方こそ、また姉さんを守れなかった」

「お姉ちゃんは、平気だよ。巧ちゃんが次もまた立ち上がれるなら、どんな目に遭っても大丈夫。もうとっくに、受け止める覚悟はできているから」

「どうして……どうしてそんなに、姉さんは」

「お姉ちゃんだからね」

また、姉に抱きしめられた。姉の匂いに包まれると、安心する。同時に、だんだんと心が弱くなっていく気がする。

「お姉ちゃん、初めて巧ちゃんと会った日のこと、覚えているよ。がりがりに痩せ細っていて、何の希望もないって目をしていて、お姉ちゃんの差し出した手を邪険に払ったよね」

「ごめん、姉さん。あのときは……」

「助けなきゃ、って思った。この子を助けられるのはお姉ちゃんだけだ、って。それがね、嬉しかったの。本当はずるい気持ちだったんだ。父に言われたからじゃなくて、自分でやりたいと思って、できること。そんなの、これまでひとつもなかったから。でも弟なら。弟なら、自分のものにしていいよね。そんな風に、卑怯なことを考えてた」

「卑怯じゃないよ。そんな姉さんのおかげで、ぼくは救われたんだ」

「うん、巧ちゃんがいま、お姉ちゃんのことが大好きでいてくれるのも、きっとそのときの刷り込みのおかげ。いまさらお姉ちゃんがこんなこと言っても、きっと巧ちゃんは拒絶しない。それがわかっていて、言ってる。ずるいね」

「ずるくない。姉さんはちっともずるくない。もしずるかったとしても、ぼくはそのずるさで救われたんだ。何も悪いことなんてしてない」

春名の、巧を抱きしめる腕にちからがこもった。

「もう少しだけ」

少女は呟く。

「もう少しだけ、このままでいて、巧ちゃん。お姉ちゃんに、明日に立ち向かう元気をちょうだい」

震えていた。巧は気づく。

今の春名は、ただの怯える少女にすぎなかった。

当たり前だ。過酷な昨日があって、巧の口から、何度も自分のむごい死を告げられ、それでもまた運命を覆すため、巧を導き続けてくれた。

巧がくじけそうになる度、勇気をくれた。

そのエネルギーは、きっと無限ではないのだ。

「もう少しだけ。そうしたら、最強無敵のお姉ちゃんになるから」

震える声で、巧の耳もとで、春名は呟く。

巧は、そんなひとりの少女を、抱きしめ返した。

準が懐中電灯を手に小屋から出て来るまで、そうしていた。

✣✣✣✣

巧は、春名と準に早口で状況を説明しながら暗い森の中を移動した。

真っ暗な森の中でも、夕方に戦った空き地はすぐにわかった。そこのまわりだけ、ひどく木々が倒壊していたからだ。改めて、あの戦いのすさまじさを実感する。

その荒れ果てた土の一部が、もこもこと蠢いていた。

巧たちは目配せした後、散開し、足音を殺して近づく。

緑肌のオークが生贄の儀式をしていた、まさにその場所だった。その中心で、霧のような半透明の何かが動いている。魂、という単語が巧の脳裏をよぎった。

「これ、この状態で破壊できないのかな」

「幽霊……死霊？　ピュリファイでいけないかしら」

準が呟く。巧は首をかしげた。治療魔法のランク1、ピュリファイは水や食料を浄化する魔法だが、Q&Aの結果、死霊のような存在にも効果があることが判明している。

章弘のおかげだ。彼の執拗な調査によって、巧たちはそれ以前よりはるかに多くの、スキルについての知見を得た。

もし、彼がまだ生きていれば……。

巧は首を横に振る。いまは、前だけを見よう。過去を振り返って後悔するのは後でいい。

「ピュリファイ」

接近して、煙に手を伸ばし、魔法を行使する。

煙は、一度もだえるようにひどく歪んだ後、ふっと四散し、そして二度ともとに戻らず宙にかき消えた。

どこからか、オークの悲鳴のような声が聞こえたような気がした。

足もとでもこもこと蠢いていた土も、その動きを止めている。

どうやら、緑肌の復活は阻止できたようだ。

浄化。よくわからないが、覚えておいた方がいい事柄かもしれない。治療魔法はランク1で充分かと思っていたが、こうなると高位の治療魔法にある、対死霊用の魔法にも大きな魅力と価値があると思えて来る。

もっとも、緑肌以外のオークを相手にするのには必要ないのかもしれないが……。

夢の中で見た、もっと高位のオーク。それに、黒い犬。あれらはどうなのだろう。後で、春名や準と話し合う必要があるだろう。

「それじゃ、戻りましょう。さっさと寝直すわよ」

準があくびをする。

巧と春名はそれぞれうなずき、きびすを返した。

‡‡‡‡

朝日が昇るころ。

巧と春名、準の3人は装備を調え、山小屋から外に出た。

朝露が草木を濡らす。小鳥の囀《さえず》る声があちこちから聞こえてくる。

平和な山の一角で、昨日の夕方に起こった激しい戦いの傷痕さえ見なければ、平和そのものに感じられる。

しかし、春名はオークの気配をあちこちで感じているという。

このあたりを縄張りとしていたオークたちを倒したことで、他のオークが侵入してきているのだろうか。

いずれにしろ、ずらかるなら、いまのうちだ。

巧たちは春名の付与魔法で四肢を強化し、足早にその場を離脱する。

ほどなくして、オークたちの叫び声が聞こえてきた。

これも章弘のリュックサックにあった違法な仕掛け罠にハマった個体があったのだろう。

彼が遺したリュックサックの中身の大半は、有効活用するべく巧たちのリュックサックに移し替えてある。

それでも、仕掛け罠などのどうしてもかさばり有効に活用できそうにないものは、放置か、あるいはその場で使ってしまうことにした。

彼の見識は確かで、どれも彼が生きていれば上手く使いこなしたであろうと思われるものばかりであった。

オークが死ぬような罠ではない。

だが混乱し、追撃を諦めさせるには充分であろうと思われた。

果たして、しばらく移動しながら警戒していた春名は「まわりにオークの気配がないよ」と告げる。一同は安堵《あんど》して、その場に腰を下ろした。

「今後の計画を、決めないとね」

巧から、口を開く。

「今日を生き残ろう。そのうえで、明日を生き残るための努力をしよう」

ちから強く、告げる。春名が、エネルギーは満タンとばかりに笑顔でうなずく。準もその横で、真剣な顔をしていた。

「まずは……」

巧は語り始める。次の計画を。

悪夢は終わらない。だが道しるべはある。

章弘の腹案は、昨日、白い部屋で聞いていた。それを少し修正して、巧は語る。巧と章弘の繋がりは、章弘が切り開いた道は、まだずっと先へと続いている。

ならば、へこたれている暇はない。

巧たちの、異世界に来てから二日目が、これから始まる。

NAME

御好巧

(みよし·たくみ)

STATUS

Lv4

棍術3／治療1
現在Exp120 ／ Next300
保有スキルポイント1

NAME

御好春名

(みよし·はるな)

STATUS

Lv 4

偵察1／付与3
現在Exp120 ／ Next300
保有スキルポイント1

NAME

伊澄準

（いすみ・じゅん）

STATUS

Lv 4

風魔3／xxx
現在Exp 60 ／ Next300
保有スキルポイント2

NAME

真壁章弘

（まかべ・あきひろ）

STATUS

Lv 2

剣術2／xxx
現在Exp120 ／ Next180
保有スキルポイント1

黒肌ージェネラル・オーク

LV.17

スキル：オーク7、解呪の咆哮2、運動2

オークの将軍。大将軍ザガーラズィナーに絶対の忠誠を誓う誇り高き戦士たち。

中期以降の彼らは、熟練の呪戦師の手によって彫られた刺青のちからで、魔力を吹き飛ばす咆哮を放つことが可能。

これは第一次祖国防衛戦で敵軍の魔法で操られたオークが混乱を巻き起こしたことへの対策である。

彼らの武器は同盟国●■※▼の鍛冶師の手によるもので、一騎当千、万夫不当の証。

ひとりひとりが数千のオークを率い、最後まで戦場に立って己の武勇で種族の未来を切り開き続けた英雄である。

ランク別【地魔法】一覧

地魔法ランク1

アース・バインド(Rank×10秒)	地面の草を操り対象の脚を拘束する
ストーン・バレット	石つぶての弾丸を放つ
グロウアップ	植物を急成長させる。タンポポなら種を植えたばかりの状態から約1分で開花まで
マッド・シェイプ	Rank×1立方メートル範囲内の土を加工し、自在の形に変化させる。 時間をかければ穴を掘ることも可能

地魔法ランク2

ヒート・メタル	金属を加熱させる
ストーン・シェイプ	Rank×1立方メートル範囲内の石や樹木を加工し、自在の形に変化させる
クリエイト・プラント	任意の種類の樹を1本、生み出す。地面から生えて一人前の樹になるまでおよそ10分
レジスト・アース(Rank×2分)	土属性の攻撃に対して抵抗を得る

地魔法ランク3

アース・ピット	落とし穴を生み出す。効果範囲は直径3メートルの円。深さは最大で5メートルで、徐々に地面が沈み込むように発動する
ランペイジ・プラント(Rank×10秒)	一定範囲の樹木が、敵味方の区別なく、狂暴な動物のように暴れ出す。樹の枝が鋭い刃物のように尖り、木の葉が手裏剣のように飛ぶ

メタル・シェイプ	Rank×1立方メートル範囲内の金属を1分ほどかけて加工し、自在の形に変化させる
クリエイト・ストーン	任意の大きさの石塊を生み出す。 最大でRank×3立方メートル

地魔法ランク4

パス・ウォール	壁に人が通れるサイズの穴を開ける。 穴は5分ほどで再び埋まる
ストーン・ブラスト	握り拳よりもおおきな石を何十個も呼び出し、対象にぶつける
ストーン・バインド	30メートル以内の任意の石が、ねばねばの強い吸着力を持つ石に変化する
ジュエル・ディティクション	半径1キロメートル以内の宝石の存在を感知する

地魔法ランク5

ブラッド・ボイルド	対象の血液を沸騰させる
ヴァイヴレーション・センス	地面や壁の振動を感知する
クリエイト・メタル	任意の金属を生み出す
ロック・フォール	人を押しつぶせるサイズの大岩を対象の頭上に出現させ、押しつぶす

地魔法ランク6

オイル・レイン(Rank×5秒)	一帯に油の雨を降らせる
ソーン・ウォール	Rank×3立方メートルのいばらの壁を生み出す
アース・サーチ	足もとから放射状に90度、Rank の2乗メートルまでの地下に存在する、あらゆるものを探知する

ローリング・モーション	一帯に弱い地震を発生させる。震度3程度

地魔法ランク7

アース・テレポート	Rank×10メートルの土の上から土の上に転移する
ハーヴェスト	半径500メートルの範囲内に存在する任意の植物すべてが急速に成長する。成長速度はグロウアップの10倍
スチール・ニードル	100メートル以内の一点を中心とした半径10メートル。地面から無数の鋼の槍が瞬時に隆起し、広い範囲の対象を串刺しにする
ロック・シールド	足もとから瞬時に岩壁を生み出して壁とする

地魔法ランク8

ハイレジスト・アース(Rank×10秒)	レジスト・アースの強化版、効果時間は短い
アース・クェイク	一帯に震度6程度の地震を発生させる
ボトムレス・スワンプ(Rank×30秒)	半径30メートルの広い地面を底なし沼にする。沼は持続時間経過後に消滅、埋まっていた対象は地上に放り出される
オブシディアン・ランス	魔法で強化された鋼鉄すら易々と貫く黒い槍を生み出し、対象に撃ち出す

地魔法ランク9

メテオ・ストライク	大量の岩を広範囲に落下させる
ペトロ・クラウド(Rank×10秒)	半径20メートルに広がる灰色の雲を生み出す。雲に触れた者は抵抗に失敗した場合、石化する。成功しても動きが鈍る
オブシディアン・ウォール	全属性最高防御を誇る、堅牢な黒い壁を生み出す
アウェイクン	対象の植物に永続的な意思を産む。樹であればトレントとなり、術者に従う

ランク別【召喚魔法】一覧

召喚魔法ランク1

サモン・レイヴン	使い魔のカラスを召喚する
サモン・ウォーター	1リットルの水を召喚する
サモン・ブレッド	一斤のパンを召喚する
サモン・コールドロン	一個の鍋を召喚する

召喚魔法ランク2

サモン・パペット・ゴーレム	使い魔のパペット・ゴーレムを召喚する
サモン・フローティング・ランタン	使い魔のフローティング・ランタンを召喚する
サモン・クロース	広い布を召喚する
サモン・シュラフ	寝袋を召喚する

召喚魔法ランク3

サモン・グレイウルフ	使い魔のグレイウルフを召喚する
キュア・ファミリア	使い魔の傷を治療する
サモン・サーヴァント	使い魔の木製メイド型ゴーレムを召喚する
サモン・セーフハウス	簡易なシェルターを召喚する

召喚魔法ランク4

サモン・ソルジャー	使い魔の鎧騎士を召喚する
サモン・ホース	使い魔の魔法の馬を召喚する
サモン・ウェポン	武器を召喚する（12種類）
サモン・インセクト	使い魔の昆虫の大群を召喚する （一度の召喚で数百。蠅、蟻など種類を選ぶ）

召喚魔法ランク5

サモン・エレメンツ	使い魔のエレメンタルを一体召喚する（4種類）
サモン・アーマー	防具を召喚する（6種類）
サモン・キャリッジ	馬車とそれを引く馬を召喚する
ディポテーション	自身の使い魔を送還する。 その際、使用したMPの90％をバックする

召喚魔法ランク6

サモン・アイアンゴーレム	使い魔の大型アイアンゴーレムを召喚する
サモン・グリフォン	使い魔の巨大なワシのような生き物を 召喚する。グリフォンは背に人を乗せて 飛ぶことが可能
トランス・ポジション	Rank×5メートル以内の使い魔or パーティメンバーと位置を入れ替える
サモン・サークル	あらかじめ設置しておいた 召喚サークル内の人、物資を召喚する

召喚魔法ランク7

サモン・ケンタウロスナイト	使い魔のケンタウロスを召喚する
サモン・フィースト	百人分の豪華な饗宴を召喚する
サモン・シージエンジン	巨大な投石器を召喚する
サモン・サーヴァント・チーム	百人の執事とメイドを召喚する

召喚魔法ランク8

サモン・グレーターエレメンタル	使い魔のグレーターエレメンタルを召喚する（4種類）
サモン・フライングシップ	全長十メートルの飛空艇を召喚する。時速60kmで30時間飛行可能
サモン・インヴィジブル・スカウト	不可視の使い魔を召喚する。真っ黒い猫背の人型生物。
ジャイアント・サモニング	次に召喚する物体（使い魔以外）を最大でRank倍にして召喚する

召喚魔法ランク9

サモン・パラディン	使い魔の聖騎士を召喚する
アポート	Rank×10個まで物体に契約の印をつけることができる。契約の印を書いた物体を1つ、手もとに召喚する
サモン・フォートレス	コテージや砦のパーツを召喚する。大型の砦を完成させるためには108個ぶんのパーツが必要
サモン・レギオン	使い魔の戦士と馬各100体を召喚する

あとがき

本作は小説家になろうで連載し、双葉社モンスター文庫より書籍化された『ぼくは異世界で付与魔法と召喚魔法を天秤にかける』と舞台を共有する作品です。

登場人物及び主戦場は異なるため、特に前述の作品を知らなくても問題なく楽しめるものとなっています。よろしければお手にとってみてください。

本作の発売に先駆け、水曜日はまったりダッシュエックスコミックにて、スガレオンによる本作コミカライズの連載が開始されております。漫画ならではの迫力のあるシーンが満載になっておりますので、まだの方は是非、確認してみてください。

本作のイラストを担当していただいたやくりさん。キャラクターのイラストだけでなく、各種装備まで丁寧に描いてくださってありがとうございました。

春名たちのボリューム感のあるイラストと合わせて、この作品だけの強みというものが生まれたと思います。

スガレオンさんには、コミカライズの過程で多くの意向を汲んでいただきました。コミック版のネームを確認しながら本作に手を入れたり、おかげさまで相補性の高いものとなりました。本当にありがとうございます。

最後に。現在カドコミで『ぼくは異世界で付与魔法と召喚魔法の天秤をかける』のコミカライズを描いてくださっているツカモリシュウジさん。あなたの素晴らしいコミカライズのおかげで天秤世界は大きくイメージが広がりました。厚くお礼を申し上げます。

オークに蹂躙された学園で……
いやッ!

姉さんがいる
愛する人を
あれがストーカー……
いや そんなわけ
守り抜け——
姉さんから離れろッ!
＼カドコミで大ヒット連載中／
『ぼくは異世界で付与魔法と召喚魔法を天秤にかける』
毎月第2金曜更新!
ぼくの壊れた正義は
ループする異世界で
愛と罪を天秤にかける
漫画:スガレオン 原作:横塚司 キャラクター原案:やくり
にて
コミカライズ 隔週日曜 好評連載中!!
https://manga.nicovideo.jp/manga/official/dashcomic

仮面の戦士エフゲーニアの追撃を受けたティグルとソフィー。
窮地に立たされた2人を助けた者の正体が明らかに。
そして陰謀に加担する戦姫の影。
極北のイルフィング島で繰り広げられる幼き日の
ソフィーとティグルの冒険のもたらすものは。
戦姫になったソフィーが果たすべき役目とは——
魔弾の王と極夜の輝姫 2
2024年冬 発売予定

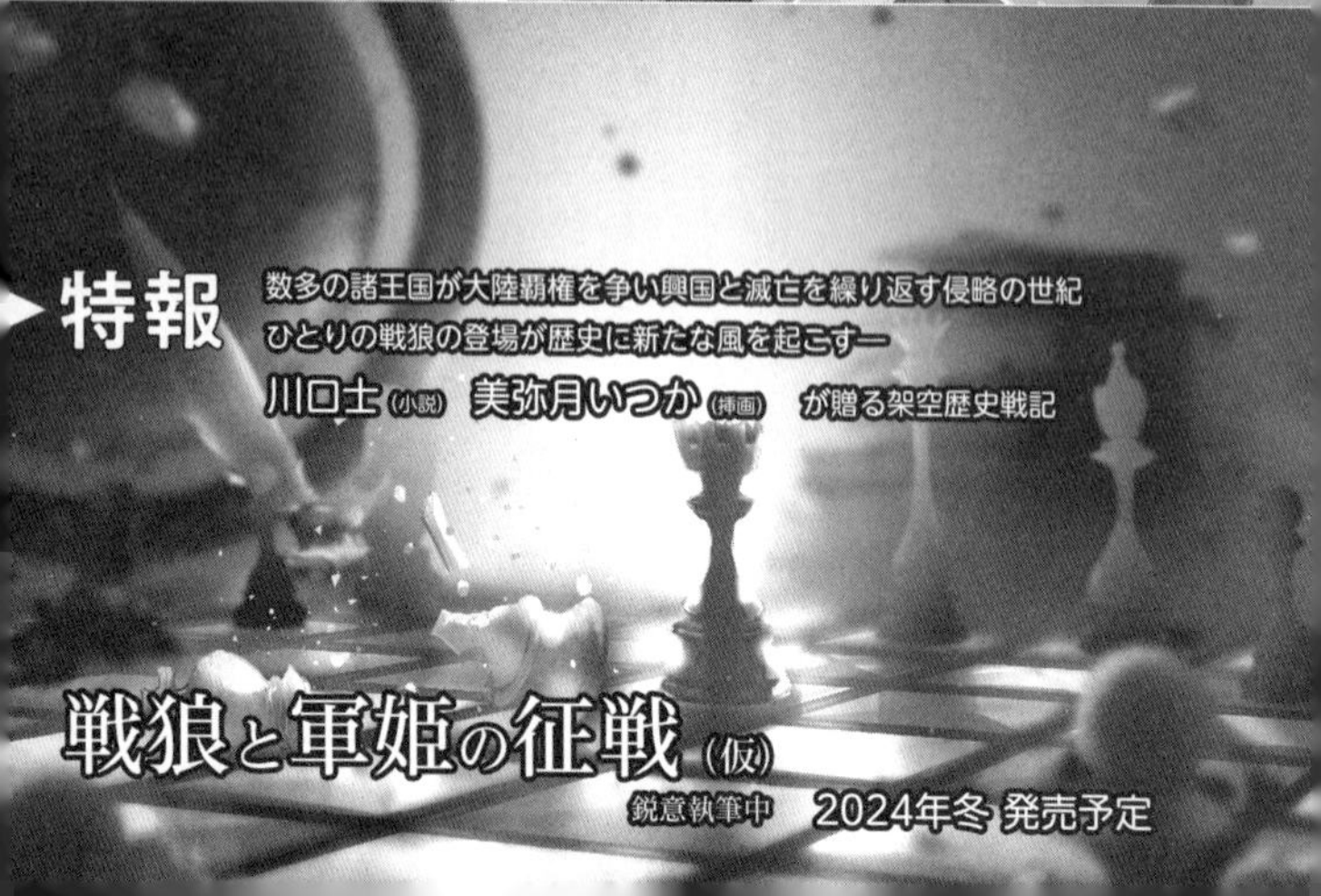

特報
数多の諸王国が大陸覇権を争い興国と滅亡を繰り返す侵略の世紀
ひとりの戦狼の登場が歴史に新たな風を起こす—
川口士（小説） 美弥月いつか（挿画） が贈る架空歴史戦記
戦狼と軍姫の征戦（仮）
鋭意執筆中 2024年冬 発売予定

師匠より先に魔王を倒す！
人類最強の男を師に持つ少年ロックは古の魔剣ホルプ、
盾の乙女エリシアら仲間と共に魔王討伐の旅に出る！
魔弾の王シリーズの川口士が贈る、恋と冒険の王道
ファンタジー、装いも新たに復活！
千の魔剣と盾の乙女《せんのまけんとたてのおとめ》
電子書籍限定・新装合本版全5巻　２０２４年８月23日発売
仲間との出会い、
魔物たちとの熾烈な戦い
幾多の苦難を乗り越えて
少年は勇者への道を歩み出す
小説　川口士
挿画　nio

ダッシュエックス文庫

ぼくの壊れた正義はループする
異世界で愛と罪を天秤にかける

横塚 司

2024年9月25日　第1刷発行

★定価はカバーに表示してあります

発行者　瓶子吉久
発行所　株式会社　集英社
〒101−8050　東京都千代田区一ツ橋2−5−10
03(3230)6229(編集)
03(3230)6393(販売／書店専用) 03(3230)6080(読者係)
印刷所　TOPPANクロレ株式会社

ISBN978-4-08-631567-8 C0193